科幻文学馆
Science Fiction Museum

冰箱里的爱人

冯志刚 · 著

U1010965

科幻立方
文库本

天津出版传媒集团
百花文艺出版社

图书在版编目（CIP）数据

冰箱里的爱人 / 冯志刚著. -- 天津 : 百花文艺出版社, 2021.1
ISBN 978-7-5306-7966-1

Ⅰ. ①冰… Ⅱ. ①冯… Ⅲ. ①幻想小说-中国-当代 Ⅳ. ①I247.5

中国版本图书馆 CIP 数据核字(2020)第 240907 号

冰箱里的爱人

BINGXIANG LI DE AI·REN

冯志刚 著

出 版 人：薛印胜 **选题策划：**成 全
编辑统筹：刘 勇 **责任编辑：**孙 艳
装帧设计：丁莘苡 **营销专员：**殷 鹏
出版发行：百花文艺出版社
地址：天津市和平区西康路 35 号 **邮编：**300051
电话传真：+86-22-23332651（发行部）
+86-22-23332656（总编室）
+86-22-23332478（邮购部）
网址：http://www.baihuawenyi.com
印刷：天津光之彩印刷有限公司
开本：710×1000 毫米 1/32
字数：54 千字
印张：6
版次：2021 年 1 月第 1 版
印次：2021 年 1 月第 1 次印刷
定价：25.00元

如有印装质量问题，请与天津新华印务有限公司联系调换
地址：天津东丽开发区五经路 23 号
电话：(022)58160306
邮编：300300

作者简介

冯志刚

中国科普作家协会会员，曾任《科幻时空》杂志执行主编。1997 年开始发表科幻小说，作品有《埙和萨克斯的慢板》《种植文明》《替身》等，出版长篇科幻小说《海蓝羽翼》等。目前专注于科幻剧本创作，作品《日覆一日》获得首届“水滴”奖全国科幻征集大赛剧本类第一名。《灵魂哲学研究》发表于《科幻立方》2018 年第 3 期，入围第十八届百花文学奖·科幻文学奖。

目录

沈莹雪把那天意外的放纵归结于人生只有一次的真爱，在她打工的酒店里，那个窗外有着灼人湛蓝天空的下午，她把自己所有的美丽和秘密展现给了柳天语，她的目光也像那片晴热的蓝天一样清澈得让人浑身发烫。

柳天语从满脑子正反复斟酌的词句中惊醒，盛夏阳光里耀眼鲜活，摸上去却是冰凉的，紧绷得宛如瓷器，这躯体像是有了磁力，让人一旦触摸就无法再轻易放开。

“我给不了你未来……”柳天语小声嘀咕着，似乎那话就不想让沈莹雪听见。

“我不要什么，只要你一个不离不弃的承诺……”沈莹雪下定决心捉住柳天语冻僵的右手，在胸前把它融化了。

柳天语像个孩子似的点点头，纵身跳进了那片耀眼的光晕之中。

但是，五年后，柳天语食言了。

上篇

冰鲜夫妻

沈莹雪也不知道为什么会爱上柳天语这个闷得要死的宅男，自从有一天他背着那台至少三手的苹果笔记本来到她打工的那家咖啡馆，这个每天只要一客最廉价小杯红茶，却能坐在那里噼里啪啦地敲上一整天字的大男孩就吸引了她的注意。

他长得清秀，却不修边幅，蓬乱的头发似乎几个月才理一次，总是一身洗得发红的黑色衣服，所以沈莹雪知道自己喜欢他不是因为外表。

柳天语的那些网络小说其实沈莹雪也偶尔看过，有一次她端着企鹅形状的水壶在柳天语身后看了一会儿，若无其事地问他："你是作家吗？"

柳天语就像旱地里渴坏了的禾苗忽然遇到雨水一样支棱了起来。

"我是网络作家！在网站上连载的，我叫柳天语，百度一下就知道的，粉丝上万呢。"

沈莹雪俯下身来，从柳天语的肩膀看过去，屏幕上尽是密密麻麻的小字。

"写的什么呀？修仙？霸道总裁？……不会是色情小爽文吧？"

柳天语第一次认真地看这个活泼漂亮的女服务员，满脸通红地手舞足蹈着。

"当然不是啦，我写的是正经的魔幻呢，《魔戒》《权力的游戏》那种，人族兽族、精灵、爱情友情、生死爱恨，比爽文还爽的……你，是过来要签名吗？”

沈莹雪站起身来，挤出一个灿烂却无奈的笑容，指了指手里的水壶。

“免费续杯……”

柳天语尴尬地笑了笑，举起了杯子，没有了继续长篇大论说自己文章精妙之处的兴致。他继续埋头码字，时不时略带猥琐地不由自主地瞄上这个漂亮女孩几眼。

柳天语的这些小说在沈莹雪眼里枯燥得没有一丝滋味，所以她显然也不是喜欢他的才气。那到底是什么呢？很多年以后她才想通，自己是同情他，同情这个和自己一样在城市里漂泊无依的穷小子。

沈莹雪那时也还是个大学生，但是远在东北的母亲只能勉强交得起学费，想不饿肚子她就得去打工，服务员、快递员、送餐员她都做过，工钱不多但足够吃饭。也有些女友给她介绍过高薪的兼职，看着她们隔三岔五就换的高档手机和那些瓶瓶罐罐的烧钱化妆品，沈莹雪还真没动过心思，她知道那是些什么勾当。

真正对柳天语动心，是几个月以后的事情，那时沈莹雪已经来五星级酒店打工了。有一天夜班的时候，沈莹雪看见一坨蓬乱的头发，在大堂的沙发矩阵里活像一把拖把，她立刻想到好久不见的柳天语，走近了侧脸一看，还真是他！

“沈莹雪！”是柳天语先开的口。他跳出沙发，不料腿已坐麻，脚下一个踉跄，“可等到你了！”

“你……来这里开房？”沈莹雪一脸懵懂地胡乱问着。

“当然不是了！我拿到稿费了！来请你吃饭！”

“你拿稿费了？真棒呀！可是和我有什么关

系呢？”

“这篇稿子的主人公是按你写的，我觉得应该付点肖像费……”

“……哦,好吧。”沈莹雪其实蛮意外的,本以为这个人已经从生活里消失了,可是他却很有良心地再次出现,是个女人就应该知道这意味着什么,而她打心里也不想拒绝……“那你就坐这等我下班吧！”

沈莹雪挥挥手继续工作去了,柳天语坐回沙发。不一会儿沈莹雪又回来了,在柳天语耳边问他:“你不是写魔幻吗？把我写成什么女魔头了？”

柳天语支支吾吾地回答说:“……女神……当然是女神,绝对是女神！”

两个人嘿嘿傻笑起来……

稿费少得可怜,一如之后几年一样,那区区

几百元在这个五星级酒店里只能让一个人吃个半饱,所以这顿饭是在旁边一条夜市小街的土豆粉店里吃的,但和所有恋人的第一餐一样,沈莹雪一辈子也没有忘记那个晚上“科学瓷”碗里蒸腾出的水雾,在潮湿昏黄满是油渍的白炽灯照射下幻化出的氤氲仙气。

之后的几年,这种夜市小吃街就是两个人最常去的休闲场所,无论是沈莹雪换了酒店,升了大堂经理,又换了酒店,还是柳天语每隔几个月从期刊和网络上赚到几百块钱的稿费,他们都会在半夜的时候去吃上一顿, 用沈莹雪的话说,这就是“深夜报复社会”了。

沈莹雪每月几千块钱的工资赚得不容易,她不像别的大堂经理那样会讨男人的欢心,毕竟自己是大学毕业的,她喜欢像个正正经经的白领那样为客人排忧解难。还好,因为这种清爽的大堂经理不多见，反而吸引了不少看腻了庸脂俗粉的中年色狼的关注，业绩一直很是惊艳。不过她的上司就尝不到什么甜头了，几任领导都在百思不得其解的情况下给她穿过小鞋。但为了柳天语，她咬着牙坚持了下来。

柳天语也找过工作，但是像他这种没什么名气的文人，在这个世道下也没什么适合的工作，让一个自认为诺奖级的写手，去听从那些乡村企业家的无厘头评判，也是一大悲剧。所以柳天语干脆就放弃了无谓的挣扎，埋头写他的网络小说。在中国，如果一百个人里有一个人喜欢你的文字，那你就不叫垃圾，而是大牛，因为你有一千四百万的读者。柳天语就想，我要是有万分之一的人喜欢，那也有十几万粉丝，一人给我十块钱我就是百万富翁了！他也经常这样跟沈莹雪说，然后两个人商量着怎么把这一百几十万花掉。

有时候，他也能意识到这是个白日梦，尤其是沈莹雪那个喜欢上下打量人的妈妈进城看女儿的时候，那种扫描式的目光所携带的负能量，能让每一个有梦想的年轻人想和它立刻同归于尽。她妈妈来的那几天，沈莹雪回到两人租住的小单元都是以泪洗面，吃不下任何东西，整夜睡不着觉。

柳天语时常在想，自己的癌症一定是那个时候开始酝酿的。

柳天语被查出癌症晚期的时候，已经疼了好几年了，只不过日子过得紧，没有钱去做个检查，每天一两万字的高强度创作也是针麻醉剂，把他逼迫得没有时间去理会身体的任何抗议。

在那个阳光明媚的冬日，柳天语和沈莹雪静静地坐在医院的一个角落里。

“没事,就是这几天串撸得太多了,不消化……”柳天语若无其事地拍拍肚子,但突如其来的疼痛立刻写在了他的脸上。

“以后我给你做饭吃吧，咱们不去外边吃了……”沈莹雪牵过他的手摩挲着。

“你工作太忙,咱家又远,还不得天天半夜才吃上？”

“那我换个工作吗？”

“找个稳定的工作不容易,我这边签约作家的事情也谈不下来,唉,饱死总比饿死好……”

医院的广播在喊柳天语的名字,柳天语迟疑了一会儿,两个人走进诊室。

“病人先在外边休息一下吧，我先和家属询问些情况。”医生躲在口罩后面不用正眼看柳天语。

柳天语一屁股坐在了椅子上:“不用了,我比她心理素质好。”

“还有半年时间吧……”医生给出这个生命倒计时的时候脸上只带着职业性的遗憾,但柳天语和沈莹雪对这突如其来的坏消息却很业余,不断地追问，不断地推敲那些医学用语的白话解释。比如说,预后不好,不是愈后不好,是根本不能痊愈的意思,就是没救了,彻底没救了。

两个人在医院里一直处于一种绝不接受事实的“英雄主义”亢奋状态,柳天语拒绝了立即住院的要求,两个人回到家里,亢奋之后的疲倦把他们直接钉在了门口的换鞋凳上。

“五十万……”柳天语说出这个数字不到一秒钟,但是要实现它,却需要无限漫长的时间。这也占去了未来那一百几十万稿费的三分之一,梦想中的汽车没了,房子也少了一室。

“每年还要几万块……”沈莹雪想，这可是一大半的年薪，花掉了，两个人吃什么喝什么？

一夜就只有这两句话，剩下的就是行尸走肉般的进食、发呆、交配和睡眠，但这样的夜晚人是睡不着的，两个人各自想着不再重合的未来。夜很深了，沈莹雪忽然啜泣着钻进柳天语的怀里。刚才他梦到了自己的爸爸，在那间秋雨中的病房里，爸爸疲惫地笑着……“爸爸要走了，小雪以后要照顾好妈妈……”而自己，傻傻地疯狂点着头：“嗯，好的，爸爸你放心走，我照顾妈妈，等你出差回来。”身后啜泣的妈妈狠狠地给了她一巴掌，从来没有这么疼……再回过身去，爸爸不见了，病床上空空的……

沈莹雪死命地抱住柳天语的胳膊：“老公，你哪也不能去，我要你活下去……”

如果柳天语是个豁达的人，也许这最后的日

子会安排一次远足，一次人生难得的长假，但是写字的人有几个是豁达的？还不都是些欲求不满才诉诸空想的人。柳天语更是怕死，转天清早，他就爬起来奋指疾敲，沈莹雪起来的时候，他写好了几千字。

不是遗作，也不是遗嘱，是个计划，如何筹款，如何炒作，如何申请大病资助。

沈莹雪被按在床上读完了这近似幻想小说的策划书，读到一半的时候，她就意识到如果有犹豫和质疑，就会毁掉两个人所剩无几的最后的小确幸。

但话还是脱口而出："这行吗？"

柳天语使劲点头。"怎么会不行？你想呀，如果你喜欢的主播、群主什么的要死了，几十块钱你还是愿意出的吧？我好歹也有小两万的粉丝，每人给我捐上三十块钱，那不就绝处逢生了吗！"

事情像想象中那般不像想象中那么容易,那些似乎顺理成章的道路其实只是些遥不可及的断头路。资助可以有,但是要住院证明;住院证明可以有,但是需要钱;钱可以有,但是要申请到资助……网上查到的那个有上百家慈善机构的列表里,一半打不通电话,再一半只有电话留言,再一半明确拒绝,剩下的就是让你登个记,等那永远等不到的回电。

万能的网络,一到需要变成取款机的时候,就是万万不能的了。柳天语在网络连载里写出了自己的困难,换来的不是漫天飞舞的人民币——要是真有那么多粉丝,自己怎么会交不起住院费,哪怕平时多吃点健康食品的话也不会得上这个病的。几篇求助文章之后,换来的却是订阅量的雪崩式下降,仅有的几百个忠实粉丝也弃他而去。粉丝们可以理直气壮地怀疑他骗取打赏费,这篇本就不太出名没什么谈资的网文在他们眼中也要变成大坑了，没有任何再浪费他们自己生命的理由。

晚上，沈莹雪坐公交车到一个大排档找柳天语，他和一个打扮成房地产销售员的网编已经在那里喝酒了，柳天语摇头晃脑侃侃而谈，显然有点喝多了。沈莹雪跑过去抢下他的酒杯："别喝了！不能再喝酒了！"

柳天语嚣张地夺回酒杯，一饮而尽。

"再不喝……以后永远也喝不了了！"

"你不是已经发起募捐了吗？怎么又没来由地自暴自弃了！"

"募捐？！哈哈，你还真以为人间充满真善美呀？都是狗屁，狗屁！几十块钱自己花分分钟就花出去了，白给别人？门都没有！"

柳天语说完趴在餐桌上闷头苦笑，又倒了一杯酒。

网编半个屁股坐在椅子上，举着个最小号的一次性塑料杯，小心翼翼地劝他。

“不是他们不想捐，关键咱们平台是文学平台，不是慈善平台。有人举报，平台就得封你的号……一点余地都没有的。”

沈莹雪蓦地厉色怒视，再次夺过柳天语的酒杯。

“封号？你们这平台还有点人性吗！欠我们的稿费那么多！还封号！”她有些气急败坏。

“……没办法呀，这是规定，那些稿费也是可给可不给的……再说小柳又不是特别红的作家……”

沈莹雪忍了几毫秒，把酒泼向对方，便拽着柳天语离开了大排档。

网编站起来抖抖身上的酒，犹豫着是否追上去。

“……那什么，还没结账呢……至少AA（平均分担费用）吧……”

沈莹雪头也不回地走进了黑夜之中。

在号称万能的网络里柳天语毫无进展，反而是他常说在百度上都搜不到本尊的沈莹雪，拉来了第一笔救命钱。

回家的路上，手机响过一次，沈莹雪把已经醉掉的柳天语安顿好，再把自己和手机一起扔进沙发。屏幕解锁，打开微信，便看到那个威士忌酒杯的头像上醒目的大红点，沈莹雪脑海中出现了一个温文尔雅的男人，那是酒店的常客韩总。他也在沈莹雪的贵宾顾客群里，应该是看到了昨天的求助帖。

“沈经理，方便的话你来我公司一趟，我明天一早就飞欧洲了。”

沈莹雪仿佛被什么东西压住，陷在沙发里动弹不得，直到床上醉醺醺的柳天语忽然发出一声轻微的鼾声，沈莹雪好似忽然解除了封印，蹦起来胡乱地穿好衣服，头也不回地冲出了这个世界上曾经最温馨的小窝。

来到那家不知卖什么的国际贸易公司，几百平方米的办公区空无一人，只有韩老板的办公室亮着灯，沈莹雪鼓起勇气向那一线光亮走去。

夜不算深，柳天语挣扎着醒来，沈莹雪不在，床头电脑桌上的屏幕散发着幽幽的蓝光，一个卖萌狗子的QQ（即时通信软件）头像在右下角蹦个不停，那是柳天语的损友小杜——另一位非著名网络作者。

“天语,募捐没戏吧?”

“嗯,被平台封号……”

“意料之中,不封也没有人给你打赏的,谁相信你呀?都以为你要骗一笔钱然后停更了。”

“彻底没希望了,我真想扔下一切,在一次流浪中死去……”

“呵呵,就咱们这些作家,都没那个尿性!真把名利看开了,谁还整天写东西意淫。”

“咱们也能算作家吗?”

“这话说的……给你出个明路吧,手里钱攒攒,和我去趟拉斯维加斯,这几年VR(虚拟现实)电子博彩可是搞出不少亿万富翁,咱们不贪心,赚个百十来万就把你救了!”

“靠谱吗……”

“你爱信不信,我去年刚捞过一笔,看我上次开的新车了吗?就是在那挣的!”

门外传来开锁的声音，柳天语慌忙关掉显示器，跌跌撞撞爬回床上。

“去哪了？这么晚，外边多凉呀……”

沈莹雪满脸疲惫，晃了晃手里的超市购物袋，勉强挤出笑容。

“去给你买点吃的……对了，我们酒店答应借我五十万，明天咱们就可以去住院了……”

柳天语猛地坐起来，却发现自己并不兴奋，张张嘴想说什么却忽然语塞。沈莹雪放下购物袋一闪身进了厕所，坐在马桶上呆呆地流泪……

医院里，柳天语按着抽血后还在流血的针眼，五脊六兽地坐在候诊长椅上。

伴随着一阵浓浓的茉莉香水的味道，一个穿着精致裙装、黑丝袜、高跟鞋，浓妆艳抹的女白领坐到他身边，故作优雅地从公文包里抽出一本宣传册,递给柳天语。

“帅哥,哪里不舒服?”

柳天语狐疑地抬起头来看了看。

“你是推销药的?”

“我像吗?”

“不像吧……”

“其实就是推销药,万能药,你相信吗?”

“不信吧……”

“那就对了,没有万能药,很多病现在都治不了的。”

明显是骗老年人的套路,柳天语有点兴味索然,低下头不再搭理她。

“所以我们有一个更厉害的方案,你知道吗,有句话说:时间可以治愈一切。”

“那只是……那只是人类的妄想……”

“谁说的?你太小看科学了!看看我们的产品

吧，如果你家里人得了医院都治不了的重病，只有我们可以拯救他！”

柳天语翻看着厚厚的宣传册，心想骗子们还真下本。

“眠时舱？什么鬼？”

“看过科幻电影吗？飞到外星去的人都是速冻之后发射过去的。”

“人工冬眠？美国早就有这样的机构呀，其实就是一种新的殡仪服务，不靠谱吧。”

“还挺内行！我们的眠时舱可不一样，人不需要速冻，你在里面还是活的，只不过里面的时间比外面的时间流逝得慢，里面的一天，相当于外面的一年甚至十年……”

“呵呵，这也太黑科技了，对不起，我不相信的……”

“你看宣传册，我们有医疗器械准字的，国家承认的。年纪轻轻，不要太没想象力啊。扫码加我微信吧，也许能救你的家人呢，分分钟的事……对了，你可以叫我辛西娅。”

说完，这个白领装扮的女骗子踩着高跟鞋消失在医院的走廊里。柳天语下意识地盯着她渐渐远去的西装短裙，大脑里一片空白……

日更万字的生活戛然而止，柳天语每天转换到吃饭睡觉去医院的模式，每天睡到天昏地暗，只要能忽略储蓄卡里越来越接近于零的余额值，那还真是一段很惬意的日子……他在明媚的阳光中醒来，习惯性地打开微信，被置顶的沈莹雪一如往日地第一个留了言。

“老公，乖乖吃饭，老板答应我最近可以上中班，明天开始，我白天就能照顾你了。”

柳天语起床，把被子扔开，胡乱地吃了几口

沈莹雪留下的早餐，难受地呕吐了出来。

手机接连响了两次，好消息是银行发来的到账提示，五后边一串的○，柳天语数了两遍，五十万！他这辈子都没见过这么多钱，当它出现在手机里，就像是某个游戏的虚拟金币，而不是实实在在能救命的人民币。

坏消息是损友小杜又发来了信息："天语，今天旅行社报团最后一天，你不报名，过了这村，你可就汤水救不活了啊！"

"我媳妇借到钱了……"

"哦……那你不去了？我找老汤问问去……不过话说回来，毕竟是借来的钱，迟早要还，要是我的话，拿着这笔钱做本，赢他一笔，至少以后少拉点饥荒……"

"我这种逢赌必输的人，还是算了吧。这个旅行社有没有穷游团？"

“你都借到钱了，穷游个屁呀，痛痛快快玩一阵子，弄不好病就莫名其妙好了呢！”

“这钱留给我媳妇吧，浪费在我身上……唉，我就想出去走走，死在个没人烟的地方，她也许还能挺住……”

“哼，长痛不如短痛，你要真是失踪了，就把她一辈子毁咯！”

“你是说我跳楼好些？”

“胡说八道！你死不了，我有预感，我死你前边！我是说，你不如赌一把，跟我去捞一把，就是败光了，都是个好事！”

“疯了你了！小心我变鬼拉你垫背！”

“我说真的啊，你败光了，你那个漂亮媳妇恨死你！你再死的话，她以后改嫁给我的时候，心里就没坎了。”

“你还是先吃饱了饭，再琢磨娶媳妇吧！”

“哈哈哈，下午看你去！”

小杜不再说话，柳天语一遍一遍查看着银行客户端里从天而降的巨额财富，但这些却好像和房子车子以及幸福再没有什么关系……

下午，果然有人敲门。

柳天语第一个想到的是沈莹雪。

“老婆，又没带钥匙？”

门外的人没说话，继续敲门。柳天语起身开了门，眼睛一直没离开手里的手机，低着头又回到沙发上。

“上中班那事……你还有时间休息吗，咱俩不能都倒下……”

没听到沈莹雪甜美的回答，空中却砸下来骄横的老年女高音。

“我女儿呢？你把她累成什么样了?！”

柳天语吓得一激灵，抬头看清了凶神恶煞般飘落的丈母娘。

“妈……您怎么来了？”

“我闺女不懂替自己着想，我得替她想想！”

“妈，您先坐，我给您倒水去……”

“用不着！受不起！别再传染我吧……废话少说！钱呢？钱呢？”

“钱？什么钱？”

“少装！我们家小雪找韩老板要的五十万块钱呢?!”

“韩老板？”

柳天语细细琢磨着这个陌生名字的滋味，丈母娘已经很不见外地翻箱倒柜抄起家来。柳天语再缓过神来的时候，电脑已经摔在了地上，他刚要说什么，却一下子呕吐起来，头晕目眩的，不知道自己身在何方……

是小杜救了他，这家伙提着一袋比金橘稍大一些的小橘子推门进来的时候，撞上了正夺门而出的柳天语，他以作家的敏感迅速明白了情况，扔下橘子，挽着柳天语逃到了街上，跑了几个街口，终于摆脱了推土机一般动力强劲但不熟悉道路的丈母娘，两个人喘息着回到小杜的狗窝。

没有水，两个人牛饮着不知什么时候剩在墙角的几瓶啤酒。

“这钱能比你的命还重要?！你这岳母大人是怎么想的……”

“我能理解……”

“人不为己天诛地灭，你就是被灭的品种！听哥一句话吧，去赌一把，输了也不会多死一回，赢了就逃出生天！”

柳天语把玩着手里的啤酒瓶默不作声，忽然电话响了，是沈莹雪，此时她应该已经知道了事件的某一个版本了。

“柳天语！你还有良心吗?！我妈招你惹你了！你这样对她！把她气死了，我就一个亲人也没有了！”

“……我不是你的亲人吗？还是我已经死了？”

“每次都是这样！”柳天语气不打一处来，狠狠地撂下电话，但是沈莹雪带着啜泣声的最后一句话他还是听到了。

“天语，我不是这个意思，你快回来，我害怕……”

小杜拍了拍柳天语的肩膀，喝干了自己瓶子里的啤酒。

“赌一把呗？”

柳天语也跟着喝掉啤酒，用酒瓶子点了点头。

“嗯，赌一把吧……”

机场的候机大厅里，柳天语看着一架接一架起飞的飞机，它们被精确的时间表推动着义无反顾地踏上行程……电话响起，一条微信语音留言，头像后边标注着“辛西娅”。是那个美女骗子。

“柳总，我是眠时舱的辛西娅，感谢你加了我的微信，最近公司有一次优惠活动，首付二十万就可以开启未来之旅，还可以免费体验一夜，如果不满意首付全额退回……”

柳天语用语音回复了一句：“谢谢，暂时不需要。”

“什么东东？二十万一夜？高级货色吗？这次赢了钱咱们也去消费消费呗！”

“高级棺材，二十万一夜，你去？”

“我去！不是，我可不去！不过据说棺材就是发财！说不定咱们这回命里注定要发大财咯！”

柳天语冲小杜龇龇牙,算是给他一个微笑以示祝福吧。

白天的拉斯维加斯和柳天语想象中的有些落差,没有美不胜收的现代派风韵,更像是某个国内一线城市的近郊；入夜的赌城和他有些时差,当五彩的霓虹灯终于唤醒了这座欲望之城的时候,习惯白天睡觉的柳大作家却没了精神。小杜和几个赌友会合之后,拉着行尸走肉般的柳天语四处游荡,在酒吧里喝酒搂女人,柳天语半推半就地接过酒瓶，但还是斩钉截铁地拒绝了洋妞。

一夜的宿醉有助于其他人调整时差,第二天几个精神焕发的中国人一大早就来到这两年世界上最火的 VR 赌场,一副职业战队的模样。赌场里有一些传统赌博设备，柳天语好奇地停下，小杜骂了句“土包子，那是给老年人玩的老虎机”，便不由分说地把柳天语拉进了一个体育馆般宏伟的大厅中。里面分成一个个小场地，有很多沉浸式VR游戏设备，人们戴着头盔，拿着电子枪，在笼子一样的全方向跑步机里精神病似的跑步、跳跃、扫射、投弹、狙击……

小杜学着游戏里的广告语嚎了一嗓子：“Here we are！VR！”

赌场的兔女郎演示了一些基本操作，如怎么使用全方向跑步机，怎么开枪，怎么投弹……然后帮每个人戴上VR头盔。柳天语便一下子进入了一个虚拟世界，那是恐龙时代的雨林景象，巨大的蕨类植物随处可见，四周各种恐龙鬼魅般闪现，发出令人毛骨悚然的诡异叫声。

对面有个三围夸张的女性或者人妖猎人冲着柳天语走过来，动作扭捏滑稽得令人喷饭，耳麦里传来小杜经过变调的声音。

“是我啦，土包子，刺不刺激？”

柳天语就像第一次滑冰的人一样，还不能适应全向跑步机，试探着挪动，踉跄了几步。

“还真是挺有真实感的！”

“小儿科！刺激的还在后边！你把钱充进账户了吗？”

“充了十万……”

“抠门！不听我的，你等着后悔吧！”

柳天语看了看虚拟头盔里的显示，那里有“100000RMB”的一组数字，他搂了一下电子枪的上膛手柄，那数字一下子变成了“99950RMB”，子弹数量栏则显示出“10”。

“好贵呀！五块钱一发！”

“你没换成美元？美元一刀一发，但是一会儿赚的也是美元！”

“对外币没概念，怕一会儿蒙了不知道输赢。”

小杜在虚拟世界里很有女人味地摇摇头。“不管你了！出发！”

战队在一个人间仙境般的小池塘边上集结之后，开始向侏罗纪雨林挺近。不一会儿，来到了一片林间空地，原始鸟类和翼龙成群飞过，一群硕大的草食性恐龙从林中试探着出来觅食，猎人们停下脚步，分散开，准备射击。

“开火！”小杜像个地痞头子一样恶狠狠地下了命令。

几个人放枪扫射，子弹打在恐龙身上，大多数毫无作用，恐龙开始四散，有的也会冲过来。柳天语换了两次子弹，毫无斩获，钱数又在下降，他头上有些冒汗，扳机似乎越来越紧……

“愣着干什么！猛攻！猛攻！好几百发才能打死一只呢！……你这么磨蹭，是在浪费子弹！”

柳天语赶紧下意识地换子弹，继续麻木地扫射恐龙。

“打准点！瞄准脑袋！爆头！爆头！”小杜歇斯底里地冲所有人大喊。

硝烟四起，火光纷飞，几个人一通疯狂扫射，一头巨大的恐龙终于倒下了！随着哗啦哗啦的金币撞击声，柳天语的钱数变成了“100500RMB”！

小杜累得几乎趴在地上，一脸疲惫的笑容。“我赚了两千，你们呢？”

几个人纷纷报数，都比柳天语高。

妖气十足的小杜在虚拟场景里拍拍柳天语。

“天语，刺激不？分分钟几千块钱到手！这是什么？就是个深海捕鱼！只是玩得更大更嗨！老外玩的就是牛吧！”

柳天语缓缓点了点头。

“兄弟们加把劲！打到后几关，就能买火箭炮！打死双腔龙，一次就是一百万！Dollar！美元！”

午间休息吃的自助餐，食物非常丰富，柳天语难得胃口不错，拿了一大堆海鲜什么的。

小杜继续扮演匪首的角色。“撒开了吃！下午要拼体力了！拼出来至少再翻一番！去年我就是一下午赚了五十万！还眼睁睁地看见别人赚到一百万！吃吃吃！下午赚钱回国娶老婆！”

一通胡吃海塞之后，小杜拿了杯可乐坐到柳天语旁边。“天语，错过这村没这店，你和他们不一样，不多赚点回去可就来不及了！听我的！把钱全续进去……”

“……这，赌场真能让赌客赚到钱？”

“那是咱们中国人有团队精神，一起组团打就能吃死他们,老外哪玩得过咱们！”

柳天语犹豫片刻,从手机里把所有的钱都转进了赌场。

吃饭期间,有个老外一直盯着这边,这时他鬼鬼祟祟地凑过来,用中国话问好,见没人理又说起了日语、韩语。

柳天语应了他一句,那人说起了像模像样的汉语:“兄弟们,买点续命药瓶吧,下午场的霸王龙不好对付！”

小杜翻着白眼上下打量他。“没听说过,不要不要……”

“今年新推出的,一万元一瓶,没有这个下午不好过关的！”

“去去去,别影响我们吃饭！”

柳天语冲那个一脸委屈的老外同情地摊了

摊手，赌场推销员悻悻地离开。

“好贵呀，一万一瓶！”

小杜像啜饮二锅头似的喝了口可乐。“倒不是嫌贵，下午买终极火箭弹，五万一发，有机会打双腔龙的时候就得敢拼！到时候咱们可不能手软！”

柳天语一脸懵懂地点了点头。

下午，战队继续疯狂地前行，但是不断有人被暴龙类的虚拟动物打死，每一次都需要五万元复活费。

有人破口大骂，有人开始向现实世界打电话借钱。

柳天语一直很小心，只死过一次，账面上还有四十多万。赔了钱，他非常紧张，患处也开始隐隐作痛。

还好，队伍遇到了一群好打的三角龙，迎来一波丰收，柳天语也恢复了少量的盈利。

还没来得及庆祝，不远处一条溪流里十几个尼斯湖怪兽一样的蛇颈，引起了大家的注意。随着河水变浅，十几头巨兽浮出水面，它们竟然有五六十米长！即便在虚拟场景中，那种压迫感也令人颤抖。

小杜兴奋地大叫："双腔龙！终极猎物！兄弟们，发财的机会到了！"

柳天语的虚拟头盔上显示："易碎双腔龙，长四十至六十米，体重可达一百三十吨。射杀奖励一百万美元！"

小杜尖叫着发射了第一颗价值五万元的终级火箭弹，最大的双腔龙受了伤，踉跄几步。

"兄弟们拼啦！"

几个人开始疯狂购买火箭弹，柳天语咬咬牙

也加入其中。

笨重的恐龙虽然行动迟缓，但是真的非常扛打，有几只受伤了，依然在向深水区走去。

柳天语的钱快速地消耗着，他头上开始淌汗。

四十五万……四十万……三十五万……

“有戏吗？小杜！还有戏吗？它们要下水去了！”

“顶住！顶不住就是赔光！顶住了就是少干几十年！”

三十万……二十五万……二十万……

恐龙渐渐潜入水中，河里涌起血色，但是没有恐龙死掉！小杜还在拼命地发射火箭弹，别人有的已经没有钱买火箭弹了，在用子弹无谓地乱射。

终于，小杜痛苦地倒在地上，用拳头捶着自

己。几分钟的时间，从天堂门口掉进地狱，让他异常愤怒。

“废物！废物！应该集中火力！打一只的话至少不赔！”

柳天语满头大汗，视线有些模糊，下意识地又买了一个终极炸弹，瞄准最后一只即将潜水的恐龙……发射！

命中了，爆头！

可是恐龙并没有倒下……

余额一下子跌到十五万！

柳天语喘不过气来了，他猛地拽下头盔，踉跄几步跌坐在全方向跑步机上……晕过去的刹那，他听见小杜在骂：“柳天语！你个㞞蛋包！再打一发咱们就能赢了！”

柳天语苏醒过来的时候，已经坐在休息区的

长凳上了,小杜垂头丧气地坐在旁边。

柳天语怯怯地问:“你们……赢了吗？”

“赢个屁,输个底掉！今年规则改了！坑死爹了！”

“那……怎么办？”

“你还有钱吧？想办法自己回国吧,我要黑这边了,打阵子工,攒够钱翻本！”

“翻本……我也想翻本，可我赔掉的……是命吧……”

几天的时间,再回到出发时的机场,柳天语觉得自己已经经历过一次外星之旅,地球早变成了另一个星球。他把玩着手机,一次一次地手动输入沈莹雪的号码,却一次也不敢按绿色的拨出键;在微信里一遍一遍地写留言,然后一遍一遍地全选删除……

一个突如其来的电话，吓了柳天语一跳，还好，不是沈莹雪，是那个阴魂不散的女推销员。

“柳总吗？上次说的优惠活动报名快截止了，现在有个附加优惠，首付二十万就可以参加免费体验……你在听吗？”

柳天语举着电话发呆，还真的没有听进去。

“柳总，你在听吗？我是眠时舱的客户经理辛西娅……这样吧，如果时间方便，咱们找个咖啡馆详细说说……”

“……好。”

“如果没有时间的话……好？你愿意过来？那我把地址发你微信？”

“……行。”

“啊……好吧，那一会儿见。”

一脸胡楂的柳天语像个外国流浪汉似的背

着旅行袋来到咖啡馆,就是他认识沈莹雪的那家店。

辛西娅早就到了,把魂不守舍的柳天语召唤到临窗的茶座,摊出一大堆推销资料给他灌输起来。

柳天语有点心不在焉。浓妆,一袭短裙套装的辛西娅坐到他身边不厌其烦地讲解,有时还有些肢体接触。

女店员过来送饮料的时候眼光怪怪的,柳天语还看到她回到柜台之后,端着手机一通忙活,不知在干什么。

等他终于想起这个女孩是沈莹雪多年前的同事的时候,沈莹雪已经穿着酒店大堂经理的工作装出现在咖啡馆里,她提着一双高跟鞋,光着脚,气喘吁吁。女店员用眼神告诉她柳天语的位置。

沈莹雪整了整衣服，穿上鞋，向柳天语走去，头两步有些摇晃，调整了一下之后，高跟鞋在大理石地板上发出很职业的沉着的脚步声。

“天语……”

柳天语吓得一激灵，慌乱地回身面对沈莹雪。

沈莹雪瞥了一眼笑容僵在脸上的辛西娅，对柳天语轻声命令：“天语，我们回家……”

“阿雪……我对不起你……我没脸回家……”

“……那，你是要和这个女人走吗？”

“女人？你是说辛西娅？不不不，不是你想的这样……”

“你消失这么多天，现在带着行李和她约会，还能是什么?！”

辛西娅紧张得欠起身来。“啊，我能说一句吗？这位美女，你真的误会了……”

“误会？我倒希望是误会……”

沈莹雪盯着辛西娅的手，这只手还放在柳天语的腿上。发现沈莹雪在看，辛西娅立刻收了回去。

“我不知你为什么和天语在一起，但你知道这个男人现在有多危险吗？”

“我知道呀，我当然知道了……”

“……我不是说他危险，我是说他有生命危险！”

“是呀，这才是我约他的原因呀！”

沈莹雪迷惑了，疲惫地一屁股坐在椅子上，听听她怎么说。

辛西娅搬过推销资料来，开始给沈莹雪洗脑，沈莹雪慢慢地放下了戒备。

“这么说，这几天柳天语不是和你在一起？”

说着，沈莹雪犀利地转头，望向柳天语。“那你去哪了?!”

柳天语支支吾吾:“我,我出国去玩了……”

“和死小杜? 他人呢?! 电话一直不通!”

“他……他一时半会儿回不来……”

“那我们回家吧，明天去住院……辛西娅这个我觉得也可以考虑……”

柳天语像个打破青花瓷瓶的孩子。“可是,住院费用……”

“我不是借到钱了吗?!我们酒店借给我的。”

“对不起……我对不起你……我和小杜去拉斯维加斯,赌输了……”

沈莹雪颓然倒在椅背上。

“柳天语呀!早就和你说少和他来往!我再想办法……去借……输了多少? 一分不剩吗?”

“还有十五万……”

沈莹雪松开衬衣的领扣,让自己呼吸顺畅些。

辛西娅可能在不到半秒钟的时间里就想明白了，再借几万块钱是这对小夫妻唯一的出路。

“……啊，柳总，沈经理，从朋友的角度，我建议你们可以考虑考虑眠时舱，首付我可以内部协调再减少些，柳总先做一次免费体验，也许比医院的关怀治疗结果反而好得多……”

然后，三个人各自沉默……

输了钱的柳天语失去了家庭战争中的全部资本，日子想过下去，请丈母娘吃一顿饭是必须的，这还是两口子跪地请求好多天“老佛爷”才勉强答应的。餐桌上的柳天语感觉自己更像是一块食材，没有吃的权利，只有被吃的恐惧。有一次他忍不住去夹一块肉，丈母娘的眼睛唰一下子盯过来，吓得柳天语缩回筷子，夹了旁边一棵青菜。丈母娘以胜利者的姿态舔了舔筷子尖，夹起那块肉放在沈莹雪的碗里，沈莹雪瞪了她一眼，从盘子里夹起一块肉放进了柳天语的碗里。

丈母娘撇了撇嘴。“反正我是不懂什么冬眠西眠的，贷那么多款不治病？也就是骗你们这些小年轻！”

“妈，这个是科学，让天语先坚持几年，也许他这病就有治了……”

“闺女，再过几年，你就老了，他冻在棺材里，你们还要不要孩子？要了孩子怎么养？不要孩子，他活过来还能要你？你替自己考虑过没有？”

“妈，我不会不要小雪的……”

丈母娘白了他一眼没搭理，继续教育女儿：“虽然现在的医院也不是都靠谱，可那也比卖野药的强。”

“那个公司不是卖野药的，我们查过了。”

“反正，我不同意！这五十万必须留给我闺

女，非要动的话，就去做手术，治好治不好就看命吧！”

丈母娘把酒杯蹾在桌子上，气哼哼地提前离席，快到门口的时候忽然转过身来大喝一声：“别忘了打包！”

丈母娘走了，柳天语还是不敢大声说话，嘀嘀咕咕地问老婆：“她……还不知道钱少了这事？”

沈莹雪面无表情地继续吃饭。“我们明天就去签约吧，只有这一条路了……”

说完，她又给柳天语的碗里夹了一块肉。

眠时中心就像医院的门诊中心，人来人往地高速运转着。每个患者都有几个家属哭哭啼啼着陪伴，也都有一位身着西装颇似房地产中介的促销员陪诊。柳天语、沈莹雪和辛西娅是这湍流中最安静的一组。柳天语脱掉一只袖子,一个护理员将一大罐荧光色的液体注入他的血管。

柳天语一阵恶心。

医护赶紧命令他:“深呼吸! 深呼吸! ”

柳天语像刚刚脱离溺水似的快速大口吸气,十几下之后,终于忍住了呕吐感。

“难受……以前还真没经历过……不然我写小说的时候也许能把死写得再真实点……”

柳天语对沈莹雪挤出一个微笑,但这个笑话太冷她毫无感觉,只是幽幽地说:“也许,活着比死了更辛苦……”

“谁说的? ”

“你……”

“你什么时候开始看我的小说了? ”

“前两天偶尔翻到的……”

沈莹雪不再搭理柳天语,四处寻找负责的

医生。

“您照顾照顾,我一会儿还要去上班的,半天工资一百多块呢……”

医生一脸不屑地看了她一眼:“病人比钱重要吧？”

“一百块能让他多活几小时……”

“……你们是辛西娅带来的？”

沈莹雪点点头。

“好,你去叫她来,我帮你安排下……”

免费体验室是一间很小的病房,有八个类似桑拿舱的装置,屋里人很多,有些家属正在和患者唠叨,有的病人已经进了舱,家属在外边痛哭流涕,也有些修理人员焦急地维修着警报乱响的设备……

辛西娅看出两个人的疑虑,赶忙解释:“这是免费体验舱,睡一小时过一个月,所以有点乱……正式的眠时舱比这个好得多,单人房间,舱内是两米的大床,就和一般的快捷酒店没什么区别……”

医生带他们来到柳天语的舱位。“离启动还有段时间,你们可以多聊一会儿……”

沈莹雪摇了摇头:“不必了……柳天语,你睡进去吧,一个月以后见……”

说完,她扶柳天语进入那个局促的小舱,很决绝地冲医生点了点头,医生按下按钮,舱门开始关闭。

柳天语依依不舍地看了一眼沈莹雪:“明天见……”

沈莹雪愣了片刻:“下个月见……”

不透明的舱门关上,柳天语消失在里面……

没有柳天语的日子,就像是一次单身旅行,

身边这座早已熟悉的城市，完全变了一个样子。沈莹雪每天坐着公交车在酒店、家和打工的快餐店之间穿梭，忙的时候倒不觉得委屈，只是在深夜回家的途中，才会在几乎无人的车上默默流泪……还好，到家的时候，她累得像死狗一样麻木，她常常瘫坐在鞋凳上一直睡到天亮……

这样的时间漫长得让人难以忍受，但一旦过去了却往往又留不下什么深刻的印象，当日历终于翻到柳天语出院那一天的时候，沈莹雪天还没亮就一个激灵爬了起来，呆坐在床上，不知道自己要到哪里去……

柳天语和沈莹雪从眠时中心出来的时候，辛西娅已经在外面等着，死活拉他们到附近一个小餐馆里吃午饭。沈莹雪明白，她这是想彻底搞定这单生意。

“柳总……眠时舱你觉得怎么样？”

“其实，没什么特别的感觉，和平时睡觉没什么两样，睡得还算踏实……一睁眼，我老婆又站在我面前了……”

辛西娅笑着举杯敬酒：“是呀，感谢科技！感谢眠时舱！”

沈莹雪低着头喝了一小口酒，柳天语轻轻地问她：“阿雪，你这一个月过得好吗？”

沈莹雪勉强挤出微笑：“好，只要你活着，我就觉得世界特美好……”

三个人碰了碰杯，各自喝了一口，埋头吃菜，有点冷场。

辛西娅还是想尽快进入主题：“啊，那个，我不是推销哈，作为朋友呢，我觉得目前这个治疗方案还是蛮好的……不知道你们想不想尽快购买正式疗程呢……”

柳天语停了一下筷子,几秒钟后又埋头吃起来。

沈莹雪抬起头来看着辛西娅。

“正式版的……一年才能见一面?”

“是,患者睡眠的八小时,会被拉长成一年,他醒来的十六小时,是你们每年相聚的时间……”

柳天语依旧低头吃菜,小声嘟囔着:“首付二十万……每年二十万……这个价格,其实我们是接受不了的……”

沈莹雪一仰头喝掉了杯里剩下的啤酒。

“……钱不是问题!”

“小雪,我们每年只能见一面,就像牛郎和织女……而你要一个人去赚这每年的几十万,万一哪年没赚够,我还是死路一条……这值得吗?”

“值得!只要你活着,我就不是寡妇!”

沈莹雪打开一瓶烧酒喝了一大口……她要

过辛西娅手里的合同，签了字，又递给了柳天语，柳天语看着她良久，见沈莹雪毫不犹豫，也低头签下了自己的名字……

回到家里，沈莹雪有些醉意，进了门就把一个月没见面的柳天语扑倒在沙发里，柳天语反倒有些扭扭捏捏，像个落入虎口的猎物般想拼命挣脱出来。他一边和犯了花痴的沈莹雪纠缠着，一边翻箱倒柜地找东西。

沈莹雪埋怨他："快来！别讨厌！"

"……不，不行……现在，不，不能怀孕……"

沈莹雪忽然僵住了，放开了到嘴的猎物，轰然倒在床上，等柳天语终于找到一盒小气球的时候，她已经睡熟了……

正式的病房的确和辛西娅说的一样，干净整

齐安静，四套白色睡舱不像棺材，而像是电影中飞向外星的宇宙战舰，看不到睡舱里面的情形，只有几个蓝色LED（发光二极管）灯以不同的节奏闪烁，还有隐约中听不真切的电流声。屋里只有两个人，自从签好合同，殷勤的好朋友辛西娅就没再露面，柳天语躺在自己的睡舱里，沈莹雪坐在旁边，一直牵着他的手，任凭扩音器里护士一再催促，也迟迟不愿放开。

“爱你！明天见！”

“对我来说是明天，可你一个人，要奋斗一年……”

“别想那么多，我妈说没有吃不了的苦，只有享不了的福……”

“……她，可不想让你吃苦……”

“有你在，有她在，我才会觉得幸福。”

舱门开始强制性关闭了，两个人的目光离不

开彼此的面颊，直到沈莹雪的手就要被舱门夹住,她才猛地发现自己必须回到外面的世界……

外面的世界暂时没有柳天语了,但沈莹雪的生活还要继续,其实这样的生活在别人眼里似乎也没有什么不同——饭一顿不少吃,觉一次不少睡,上班更是一天不能缺勤。只有偶尔闲下来的时候，沈莹雪才会觉得这世界好像缺了点什么，甚至只是剩下了点什么……

午后,酒店大堂里没什么客人,只有沈莹雪还在坚守岗位,她看上去很疲倦,随时要瞌睡的样子,却坚持着不肯放下手里的手机,时不时地快速输入些什么。

一个看上去不到四十岁的男人文雅地走过来,衣着得体,发型一丝不乱,气质就像大学里的年轻讲师,但显然又没有那股子穷酸气。可能是来得太文雅，沈莹雪没注意到顾客的出现，而那个男人也并没有唐突地打断她，隔着柜台看了一会儿沈莹雪怎么玩手机。

“沈经理……”

沈莹雪吓了一跳，抬头看，是韩老板。

“韩总呀，我还以为是我们老板来查岗呢……”

“你气色不好……你先生冬眠有三个月了吧？别一直绷着劲，别回头他还没醒过来，你就趴下了……”

沈莹雪放下手机，苦笑着拿出硕大的酒店登记册准备帮韩老板订房间。

“……我知道，咱们说好了只是订合同借钱，公事公办……可是你母亲昨天找我聊了聊，我才知道你这几个月为了还贷款命都不要了……”

“我妈……她只会把事情搞复杂……”

“我理解她，她生命中只有你值得牵挂，就和我母亲生前一样……”

“其实我挺好，忙忙碌碌的，时间过得也快些，再有九个月就能见到天语了……”

“只见一天……然后再等一年，几十年都要这样……”

“为什么说这些？……这是我的选择，说什么我也会走下去的……”

“我不是要动摇你，我是说这是场看不到尽头的战斗，你不能太绷着劲，用百米冲刺的速度只能完成百米比赛，可是你现在要面对的是马拉松……”

“那我又能怎样？松下来？钱从哪里来？你们土豪可以财务自由，我们呢？不拼命就没命……”

“我也拼过的……为我妈拼命赚钱看病，结果钱赚到了，人还是走了……”

“柳天语不能走！我不让他走！”

“我的意思是，你来我这边上班吧，待遇会好些，我也能教你些赚钱的门道。”

“……谢谢你救了我和天语的命，但是现在这样，我去你那里上班的话……很多事情就说不清了，也许还是现在这样好些吧……对了，我在做网店，你真心帮我的话，扫个码，帮我转发给土豪朋友吧……”

沈莹雪忽然笑得很灿烂，韩老板一阵无奈的心疼，按她说的扫了码。

“再帮我预订一个大厅吧，过几天我们有发布会。”

“这就厉害了！我算算啊，提成两个点……看我财迷疯了……韩总，您放心，我一定给您安排得妥妥的……”

韩老板拿出一沓钱来，文雅地码在桌上。“这是订金……”

沈莹雪幸福地笑着收了起来。

时间匆匆走过了一年，沈莹雪手握一沓钱，装进她的包包里沉甸甸的。刚从银行出来，亲妈的电话就像装了监控一般跟来了。

“……你放心你放心！我取到了，对，装在包包里了……”

“非要这么晚去取钱！真不让人省心！”

“那怎么办？明天是最后一天！再不交钱会耽误下一年度入住的！”

“那你小心点吧，从小毛手毛脚的，一高兴就爱忘事！”

“好了！婆婆嘴！我没有婆婆，亲妈来兼职了！下周天语就醒了！真是好久没这么开心了！”

沈莹雪的眼睛有些湿润。她挂了电话，跟着难得不那么湍急的人流上了地铁，竟然有座位！

记忆在列车轻柔的摇摆中不知断线了多久，直到熟悉的报站声响起，醒来的沈莹雪才发现自己抱着扶手睡着了。她急忙跳下车，庆幸自己没有坐过站……

出站刷票的时候，她下意识地摸了摸包包里的钱……什么也没有！她焦急地翻包，钱真的不见了！反身去追刚才那趟地铁，无功而返……

沈莹雪哭得一塌糊涂，她只模糊地记得调度室里列车员和乘警变着花样地劝她到深夜。妈妈来了，把她和所有的工作人员打包一通臭骂，直到最后值班的乘警也不得不遗憾地摇头离开，才抱着沈莹雪放声大哭……

眠时舱在预定的时间准时开启，躺在里面的柳天语栩栩如生，医生们忙碌地做着各种后续工作，但他还是没有醒来。

“大夫，我老公怎么还没醒呀，他……”

“没关系，我们只是结束了时间加速状态，您先生现在还没睡足，第一年的时候很多人前半夜睡不踏实……”

护士拔下监控器的时候柳天语终于被吵醒了，他睡眼惺忪地坐起来，沈莹雪一下子扑过去，放声哭了起来。

“天语！天语！……我好想你……”

柳天语蒙了一下，紧紧抱住了沈莹雪。

“看你，这才一夜的时间……刚才我还梦见你了……你不怨我了？我梦里你还是那么冷淡，自从我赌钱回来好久没看到你这样了……”

“一年了，整整一年了，生气的事我已经忘记了，每天，每天都比前一天更想你……”

柳天语捧起沈莹雪的脸仔细端详着。“你瘦了，有皱纹了……”

“嫌弃我了？”

“不，是心疼你了，我在这边睡了一觉，老婆一下子老了一岁！……给我讲讲这个世界吧，以后每次起来这个世界都会离我越远，我们会不会也离得越来越远？”

“我只知道八卦新闻，你也爱听吗？”

“……只要是你讲的，我就爱听……”

离开眠时公司，柳天语拒绝浪费钱打车，两个人在阳光明媚的公交车上互相依靠着，一起看沈莹雪的手机。沈莹雪眉飞色舞地讲这一年的八卦新闻，柳天语倒在沈莹雪肩上睡着了……

回到家里两个人还像一对新婚夫妻似的粘在一起。

“今天想去哪？老公陪你去。”

“哪也不想去，就想和你在家宅一天，什么也不想了……”

“好哇，这一年的魔幻剧有好多吧，可是一天的时间追不下来，我去下载几部电影咱们一起看吧……”

“嗯，我去做饭给你吃，都是你最爱吃的……”

“以后我天天都吃最爱吃的，会不会变成胖猪呀……”

沈莹雪起身，吻了柳天语的额头：“变成猪我也养着你……”

柳天语进屋打开电脑，沈莹雪开始洗菜和收拾鱼虾，柳天语在里屋喊了一句：“老婆，下次我醒之前，帮我提前下载几部大片吧，我能省不少时间了……”

沈莹雪在厨房忽然默默流泪，声音有些哽咽：“好的，我明年给你准备好……”

沈莹雪已经梨花带雨哭得一塌糊涂了，柳天

语悄悄走过来，从后边抱住了妻子。

“对不起，老婆，我还是陪你一起做饭吧……今天我们要粘在一起……”

沈莹雪转过身来，投入他的怀里抹眼泪，两个人亲吻着向卧室走去。

门忽然很不知趣地打开了，沈莹雪的妈妈闯了进来。她一进门就把背包摔在桌上，然后自顾自地咕咚咕咚喝起水来。沈莹雪大惊，走过去小声说：“妈，今天不是让您去温泉度假村散散心嘛……”

“这是我家！我愿意回来！”

柳天语尴尬地蹭过去。

“妈，您这一年挺好的？”

“能好吗？你败光了这个家，我们娘俩能好吗？小雪替你吃了多少苦！你还有点良心吗?！”

沈莹雪急了，大吼一声：“妈！”

丈母娘和柳天语都吓到了，沈莹雪开始号啕大哭起来。

丈母娘一把推开柳天语，想抱住自己的女儿。“小雪……”

沈莹雪却冲她声嘶力竭地大吼：“你走！不走的话我死给你看！”

丈母娘狠狠地瞪了柳天语一眼，犹豫片刻，拿起背包离开了。

柳天语把沈莹雪揽在怀里。

“老婆，对不起……对不起……”

吃过午饭，沈莹雪刚刚彻底平复下来，门铃响起，开门一看是辛西娅。

“沈经理，柳总，没打扰吧？给你们的礼物……”

辛西娅递上一束鲜花，沈莹雪犹豫了一下，把她请了进来。

柳天语坐在沙发上给她斟了茶:“谢谢你啊辛西娅,还来看我,还在做这个项目?”

辛西娅偷看了一眼沈莹雪,见对方没什么反应,才怯怯地把话说出来:“是呀,柳总,这个项目最近发展得可好了,好多大老板都来预约,现在是一舱难求呢。”

“大老板?他们集体得绝症了?”

“啊?……当然不是了!谁说眠时舱是治病的了?那只是附加功能。更多的老板是为了延长生命,睡半年醒半年,买只好股票,赚钱长寿两不耽误!还有让老婆睡几年的,自己风流快活……”

“哦,有钱人就是任性哈。”

“所以呢……柳总和沈经理还是尽快把明年的费用交上吧,我们只能再延迟一个月,现在眠时舱太抢手了,如果断供了,想再回购就难了……”

沈莹雪叹了一口气,瘫倒在沙发里。

柳天语却从沙发里支棱起来："我们欠费了？"

"是的，我前几天把钱丢了，明年的钱暂时还没有筹到……"

晨光中，柳天语睡醒了，他发现沈莹雪衣着整洁地坐在床边的椅子上，像个犯了错误的孩子似的趴在自己身边打瞌睡。柳天语一动，她也醒了。

"老公，你醒了？"

"你早起了？"

"嗯，给你做好早点了……"

"还要去上班吗？"

"没办法，不去的话……"

柳天语怕她误解，牵起沈莹雪的手："我，是心疼你……"

“你好好休息，我这两天一定能借到钱……”

“其实这样也挺好，与其这样一年又一年的……”

“不！正是这一年，我更知道绝不能失去你！没有你，我也坚持不下去的……乖，在家休息，我昨天晚上帮你下好了电影，你在家好好看，不许去找别的女人！”

一个无聊的笑话让两个人都笑出了眼泪……沈莹雪狠狠心拎起提包去上班了，柳天语傻傻地坐在床上，不知该做什么……无意中拿起电话看到了辛西娅的号码。

“辛经理，我是柳天语，如果我交不上明年的钱，能退我们多少订金？”

“柳总，每年费用只有不到二十万，现在很划算的，在你之后签约的老板们，年费已经涨到四十万了，还要排队……”

“叫我天语吧，我要真是什么柳总的话，也不会走到今天这一步……”

“……天语，你要坚持下去，你这个病也许几年后就能治愈，如果你放弃了，那就白白浪费了沈经理一年多的努力……”

“我们可能真的拿不出这笔钱了……我想尽可能多给她留下点什么……”

“……好吧，你是个好男人，我遇不到的那种……我帮你看看私下转让的事，看看有没有土豪愿意高价收购……”

“谢谢……你这么漂亮善良，会有好男人排队追你的……”

中午有人敲门，柳天语去开门，是韩老板，柳天语并不认识他。

“你是？”

“这是沈经理家？”

“是。”

“哦，那你应该是天语？作家！”

“我是柳天语……不算作家……”

“我是韩启林，沈经理的朋友。你的事情我听说了，沈经理最近丢钱的事情我也刚刚了解到……”

柳天语让他进来。

“我带了些钱过来，你先用着，尽快回医院，这个事情可不能耽误的……”

“韩？韩总……我没听阿雪说起过你，所以这钱我们肯定不能接受的。阿雪说他们公司很快就能借我们，已经在走财务流程了……”

“她们酒店吗？之前不是拒绝吗？……财务流程，呵呵，那得多久呀！天语，这钱你先用着，要是酒店能借你们，到时候让小雪再还给我就行……”

柳天语听到别人这么称呼自己的妻子,浑身说不出来的不自在。

门外钥匙响,两个人转头看去,丈母娘已经像山一般堵在了门洞里。

“妈,您回来了……”

韩老板看起来和她更加熟稔。“伯母,您回来了,快帮我劝劝天语吧,他不要这个钱……”

丈母娘瞥了柳天语一眼,立刻满面堆笑地去拉韩老板的手。

“韩总呀,我约你过来,不是让你借钱给他的,是我想借的,你给我,我就说警察找着了。我们小雪心肠好,老觉得亏欠他,跟我闹别扭!”

“是这样呀,那小雪还不是给天语用吗……”

被晾在一旁的柳天语忍不住了:“等等,你们等等,我怎么觉得这么别扭呢……”

“你别扭什么!不是告诉你了吗,你败光的那些钱都是韩老板给的！啊，骗了我大半年，你把钱给败光了还不告诉我！自己去延年益寿，让我们小雪受苦！”

“阿雪的钱是找你借的？你是什么人呀？凭什么借给她？为什么她不告诉我？凭什么?！”

柳天语歇斯底里地叫嚷着，不知哪来的力气，蹦起来扑向韩老板。韩老板一闪身躲过，柳天语扑空摔在地上。

丈母娘在旁边说着风凉话：“切，说不过就想动手！打得过也算个老爷们，连边都挨不上！”

柳天语没有还嘴，也没有起来，跪在地上僵住了。忽然他一阵咳嗽，眼前的地板上绽放出一片鲜红的花朵，等他意识到这是鲜血的时候，人已经栽倒在地。

沈莹雪冲进医院，一股寒意立即蒸干了满身

的汗水，不是空调，而是拦在那里的亲妈。

“小雪，你来干什么！”

“他是我老公！”

“等离了婚就不是了！不能再让他拖累你了！韩老板人多好呀！过了这个村你上哪再找这个店！”

沈莹雪瞬间被激怒了：“韩老板？韩老板为什么会见到天语！李梓琴！你又要什么花招了！”

“反了你了！李梓琴是你妈！我这辈子毁在一个病男人手里！我姑娘不能再这样！你必须离婚！我和韩老板说好了，你不离婚他就不借你钱！你有办法随便想去！”

沈莹雪像只非洲草原上面对狮群的蜜獾般号叫起来：“我就不离婚！你滚！滚出去！”

丈母娘抹着眼泪扭着肥胖的身子离开了医

院，沈莹雪则像只没头的苍蝇到处询问柳天语的床号。

柳天语醒来时，漂亮的老婆就守护在床边，让人错认为这是一个平静美好阳光灿烂的日子。

“韩……姓韩的……”

沈莹雪双手捧着柳天语没插针的那只手，温暖得有些湿润。“我找他借了些钱……别的什么也没有……”

“我……恐怕……我不想让你再这么辛苦，这么痛苦……也许我应该放手了……”

沈莹雪拉紧柳天语的手，不让它挣脱。“其实，我想过了……这一切不是为了你，让你在那冰棺材里睡上几十年，你的生命并没有延长……延长了的是我的生命，只有你还睡在那里，我才有勇气活下去……冰箱里的老公，是我每年最好的礼物……对你反而是一件,残忍的事情……”

柳天语用力把手抽回来,整了整不舒服的睡衣。“长痛不如短痛……这句话也许挺对的,如果我放手了,你会渐渐把我忘记,走进一个真正属于你的未来……”

沈莹雪捂住柳天语的嘴,终于泣不成声。

柳天语重新把手塞进沈莹雪的双手里。“你知道吗,记得我在孤儿院的时候,那里有一个转盘,每次我问它自己能活多久,转盘总会停在‘2’和‘3’之间,问别的事情,就正常了……后来看《乔布斯传》的时候,发现他也预感自己活不长……”

“迷信！那都是你想放弃的借口！”

“不是放弃,我是在说,其实你想想,如果我现在去了的话,说明什么？”

“说明你不爱我……”

柳天语摇头笑笑："不是，那说明我们的世界是有定数的，也一定还有轮回……我死去的话，就能证明我还能在三生三世无穷的轮回中，再无数次地遇到你，无数次地爱上你，无数次地忍受你的小脾气，无数次地把你抱在怀里，无数次地吃你做的小泡菜……只要你放手让我离开，我们反而会一次一次地再会……"

沈莹雪哭得更加伤心，柳天语也哽咽起来，说话变得囫囵不清："人多渺小呀，相遇时的每一秒快乐，在分别时都是一把刻骨利刃，越过时光，扎在我们心上……只有懂得放手，才能超越这一切的一切……一劫是几十亿年，看似漫长，但是我们下次再相遇的时候，这也就变成了一瞬间……只要你现在愿意放手……"

"我就狭隘！我就小气！我就是不放手！我就是要这一生永远和你在一起！我绝不放手让人抢

走我的老公……任何人,任何神……”

“可是，钱……我们没有钱了……现实已经帮我们做出了决定……”

沈莹雪还想说什么,柳天语吻上去,不知哪来的力气紧紧抱住了她。

“别！天语,这是医院……”

“管他呢！我不是都一年没和老婆亲热了吗……”

第二天早上,和衣而眠的沈莹雪很早就起来准备好早点和药,柳天语醒来的时候,她刚写好一张小纸条准备离开。

柳天语睡眼蒙眬地问她:“去上班吗？”

“不去了,我想多陪陪你,不过今天得再去借借钱……”

“别去找姓韩的了……”

“不去,不是找他……”

柳天语无奈地轻叹一声,闭上眼想继续睡会儿,忽然几位医生和护士闯进病房。

“柳天语家属吗?”

沈莹雪迷茫地点点头。

“办一下转院手续吧。”

“转院?是转到关怀病区吗?不是说目前还没那么严重吗……”

“不是,是转院去眠时舱那边,患者可以继续接受延时保守治疗了。”

“可是,我们没有交钱呀……”

“这我就不知道了,我们接到通知才来的……依患者的状况最好尽快恢复延时治疗……”

两口子一时想不出为何出现转机,慌张地收拾一下东西,就赶紧跟着医生们上了转院救护车。

柳天语糊里糊涂地就被送进了眠时舱，舱门关上时，沈莹雪才发现还没和老公道个别，趴在舱盖上哭了好半天才缓过来，依依不舍地离开了病房……

十几分钟之后，舱门又蓦地打开了，柳天语吓了一跳，只见辛西娅站在外边。

“辛经理？已经过了一年吗？我怎么觉得……”

“没有，根本还没启动，我有个事情需要你确认一下。”

“我老婆刚走，我叫她回来？”

“不不，这事是咱们两个的约定，不能让她知道哟。”

“什么呀？听起来好可怕……”

“知道是谁帮你交的钱吗？”

柳天语摇摇头，但心里隐约有了答案。

“是我帮你垫付的，明年要还上哟。”

“为……为什么？”

“我们不是朋友嘛，呵呵。”

“可是，这么多钱……我这样的废人无以为报的。”

“那就以身相许吧。”

“这……我这……不行不行……”

“简单说，你要答应让我和你睡一夜，签个协议，才能继续冬眠，不然的话，我可以要回年费的……”

柳天语没有一口回绝，而是嘀嘀咕咕地问她：“睡一夜？……这……真不行吧？”

“怎么？嫌我长得不漂亮？”

“不是，不是……”

“不是就好……你想想，如果你不从，又不能冬眠了，你们家阿雪还能再承受一次打击吗？从了的话，神不知鬼不觉，陪我一夜就能渡过难关。”

“辛经理……这不行的。你的心意我非常感谢,但是……”

辛西娅忽然捂着肚子笑了起来,完全不见平时拿腔作调伪白领的形象。“还挺痴情呀，放心吧,你老婆不会知道的,我可以提前一个月出来,你醒的时候舱里还是只有你。”

“提前出来？你是说你要和我在这个小棺材里面……那什么……”

“呵呵,不开玩笑了,我不和你那什么,只是要你同意我随时可以和你共享一下这个睡舱就行，你想那什么的话我估计我也不同意那什么的……”

柳天语略显失望地舒了一口气。

“……好吧，我还想为我老婆多活些年……你确定不会被她发现啊？”

辛西娅又笑了起来。“刚才是测试你会不会

借此机会吃我豆腐,你这么一问,我倒是犹豫了,说得好像我要和你偷情似的。”

柳天语感觉脸上火辣辣的。“不不不,这我可不在行,没那个胆量的……”

辛西娅意味深长地点点头。“噢……那你还是有那个心……算了,你先睡吧,我有需要的时候随时来蹭床位,不要太兴奋睡不着啊。”

辛西娅递过来一份协议书,柳天语简单翻了翻就签了字……

睡舱这次真的合上了, 辛西娅站在门外,满意地看了看手中的协议,微笑着转身,继续忙别的去了。

睡了不多会儿,一段轻音乐响起,柳天语慢慢醒来,睁开眼,发现站在舱外的还是辛西娅。

“辛西娅? 刚才……你是来和我一起睡? ”

"不是刚才！你现在已经睡了两个月了，我也不是来让你侍寝的。"

"那是？费用又不够了？"

辛西娅递给柳天语一份合同。"你目前还在花我的钱，但是明年、后年，以后每年的钱怎么办？你想过吗？"

柳天语叹了口气："但愿能早点找到治疗方法……我醒了以后再报答你们……"

"不用报答我，我借你钱是商业行为，前几天见过沈经理了，她愿意支付百分之二十利息的。"

"百分之二十！……这有点黑吧……我们不是朋友吗？"

辛西娅用手指弹了弹那份新合同。"是呀，所以我现在把你叫醒了……看到这个合同没？我的一位大款客户竟然看过你的小说，他听说你的情况，愿意出一笔钱让你把小说写完，这笔钱足够一次性支付你三十年的冬眠费用……”

柳天语从眠时舱里蹦了出来:“太好啦! 可是,我,还有时间写完吗? 拼了命地写也需要两三个星期才能填坑吧……”

“老板可以支付你写作阶段的医疗护理费用,但是不包括手术费。”

“为什么? ”

“他认为目前的手术只会把你治死, 他希望几十年后还能看到你的新作品……”

“……那我要和阿雪商量下……”

“恐怕没有这个时间,我今晚就要去回复……不过你可以先复活一天,慢慢想一想。”

说完,辛西娅帅气地挥挥手离开了病房。柳天语坐在睡舱里发愣。

柳天语戴了墨镜和棒球帽把自己弄得像个

过气明星，偷偷摸摸地来到沈莹雪工作的酒店外，透过玻璃，看见沈莹雪正坐在自己第一次来约会时坐过的那个已经有点老旧的沙发上玩手机。电话铃响起，沈莹雪慌慌张张地接起电话，鬼鬼祟祟地张望了一下，跑到门外来。柳天语赶紧躲了起来。

“你好你好，刚才不方便……您是？……哦，不贵了，这个价格很合适的！……包邮？发到哪里？……那不行的，我们一天接几十个单的，都不包邮的……质量绝对绝对有保证的！……再考虑考虑？好的亲，没问题的……”

沈莹雪放下电话，叹了口气，伸了个懒腰，很疲惫的样子。忽然酒店门开了，领导好像早有准备似的蹿了出来，沈莹雪回头一看，吃了一惊。

“沈莹雪！上班时间不在岗！这是第几次了？”

沈莹雪唯唯诺诺地赔笑：“吴总，我，我出来接个客户电话……”

“客户？哪个客户，我现在回电问问！”

“这……这，客户比较忙，我们不方便再打搅吧……”

“你工作时间做网商，好多同事反映过了！我不能再姑息养奸了！”

沈莹雪上前一步故作亲昵地抱住她的胳膊。“吴姐，我现在家里……您知道的，再给我一次机会吧，我上班时间不接单了……”

“现在求我了！前两年你在老总面前和我顶嘴时候的那气势呢？”

“……我那是为咱酒店好……”

“那你工作时间打电话接单，也是为酒店？”

沈莹雪无言以对，脸色煞白，看来姓吴的这次是真要对她下狠手了。

柳天语想冲过去，可是刚往前蹭了一步，一

个高大的人影已经抢先出现在沈莹雪身边，竟是韩老板。

“刚才沈经理在和我打电话，你有什么意见吗吴总监？”

“……韩总，刚才明明是……您能给我看下通话记录吗？”

“哟，吴总监不相信我的人格？怀疑我说瞎话？”

姓吴的并不退缩：“为了证明小沈的清白，您给我看看也无妨吧。”

“无妨……”

韩老板拿出电话，拨了个号。“李总，对，我是老韩，我在大堂，你们吴总监正在侮辱我的人格……你马上赶过来？好，我在我那个套房等你。”撂下电话，他让沈莹雪回岗工作，又对姓吴的说：“吴总监，你和我等你们李总去！”

说完，韩老板走进大堂，姓吴的狠狠瞪了几眼沈莹雪，向韩老板追去。沈莹雪并不高兴，回到那个沙发里，神情落寞地低着头……

柳天语远远地看了好一会儿，悄悄地离开了……

辛西娅领着柳天语来到一间高档公寓，两个人参观了一下。这里的装饰非常精美，生活用品一应俱全，冰箱里摆满了食物。

“满意不？”

柳天语木讷地点点头。

“不会有人来打扰你的，饿了可以叫客房服务，闷了有国内外的付费网络频道……”

柳天语东看看西看看，活像进了大观园的刘姥姥。

“以前要是有这条件，我早得文学奖了。”

“有这条件你还码字？真有出息呀！”

柳天语傻笑两声。

“唯一的要求就是二十天内把那篇网文完结掉，准确地说，还有四百七十六小时，开始干活吧！”

“那什么……不是说有预付金吗？我还是想先拿到些钱才踏实……”

“才几千块钱，有必要计较吗？”

“我想给我老婆，她可以少辛苦几天……”

“已经打到你支付宝了，放心吧，加油！我就不干扰你写作了，你要是有那方面的需要……”

柳天语连忙手足失措地拒绝。

“没有没有，我会自己解决的……”

辛西娅漂亮的五官拧巴了一下：“哦……宅男自带功能，我懂了，唐僧哥……”

辛西娅坏笑着开门跑掉了。

柳天语坐在高档转椅里，打开造型酷炫的电脑，试探地敲起字来。

富贵的确是创作者的敌人，柳天语在这公寓里每天花上十几个小时用一百英寸的电视追剧，吃各种高档食物，浑浑噩噩地玩起电子游戏，屡败屡战，一旦坐在电脑前却只剩下发愣……喝些酒，冲了个热水澡，给自己注射了一些昂贵的特效药，思绪刚刚沉淀下来，回到那个遥远的魔幻世界，人却趴在巨大的软床上睡着了……晨风吹起窗纱，发现只剩下几天时间的柳天语终于静下心来开始埋头敲字……

约定的夜晚，辛西娅开门进来时，柳天语还在专注地敲着键盘。

“大作家，写得怎样？今晚十一点要交稿了。”

“……还差一章，没人打扰的话，两个小时后搞定……”

辛西娅看了看腕上的智能手表。“那差不多，我上个闹铃，十点半提醒你，不论写不写得完都要交稿知道不？”

“嗯，好，你要是能帮我弄点饭，那就更没问题了……”

辛西娅瞥了他一眼，无奈地去冰箱里找了些东西，给柳天语热好端来。“大爷，您用餐吧，我还有个约会，就不打扰您创作啦。”

“好，退下吧……”

“态度好恶劣呀！”

“进入创作状态了，再吵就要没状态了！”

“我走，我走！千万别忘了！十一点！”

柳天语不理，辛西娅径自离开。柳天语继续疯狂地敲字，想吃点东西，辛西娅放得有点远，他够了几下没够到，就只喝了点水，放过了那些食物。两个小时后，小说写完了，柳天语兴奋地从椅子上蹦起来欢呼，结果眼前一黑，昏了过去！

堵在外边的辛西娅，一个劲地给柳天语打电话发消息，可是困极了的柳天语没有醒过来。等她终于急匆匆地来到公寓，看见趴在桌上的柳天语时，只剩下无奈和一丝丝希望。她赶紧打开电脑，发送邮件，可是时间已经是十一点十五分了。辛西娅气不打一处来地拼命摇晃柳天语，他醒了，但是状态很不好，辛西娅只得把他扶上床。

“真是成事不足败事有余！柳天语你怎么睡着了！”

“……我写完了呀，你快帮我发送吧……”

“发了，但是晚了十五分钟！你知道这有多严重！那个土豪十一点半就要进入休眠，一睡几十年！错过了你就拿不到尾款了！”

“那怎么办……听天由命吧……”

“你状态不好，先睡会儿，我熬会儿夜盯着人家的反馈……”

柳天语挤出个微笑，再次昏睡过去。

第二天清晨，柳天语醒来，看见辛西娅和衣而眠睡在旁边，轻轻推了推她。

“辛西娅，怎样？尾款收到没？”

辛西娅醒过来，用那种可以叫作悲悯的眼神看着他。“没有，老板没有看到你的小说……钱拿不到了……”

柳天语咳嗽几声，感觉有血从嘴角流了出来。

“你老婆就在这家餐馆……我只能帮你这些了，祝你好运……”

辛西娅驾车把柳天语放在一家餐馆门口，一脚油门扬长而去。柳天语隔着橱窗看到沈莹雪坐在窗边的餐桌上发愣,刚想进去,忽然发现还有两个人坐在沈莹雪的旁边，是丈母娘和韩老板!柳天语犹豫着想离开,不小心碰到了旁边的遮阳伞,眼尖的丈母娘在里面看到了,大吃一惊,指着柳天语,沈莹雪和韩老板也向这边看了过来。柳天语心跳加速,磨叽片刻,才下定决心走了进去……

餐馆的门“自动”打开了,沈莹雪从里面蹿了出来。

“天语？你怎么会在这？是你吗？”

“阿雪……是我……你和韩老板吃饭？”

“……我妈要答谢韩总……我……”

“我知道，韩总对你挺好的……帮你教训了那个姓吴的……”

“你,你怎么知道的？”

“我醒了一个来月了……那天我就在酒店……”

尾随而来的丈母娘又要发威。

“柳天语！你不好好躺在棺材里！出来瞎搅和什么！”

柳天语狠狠地瞪了丈母娘一眼，那种食肉动物般的眼神她从来没见过，一下子噎住了，闭上了嘴。

柳天语转过头来，在妻子面前又恢复了柔软。“阿雪，我又闯祸了，这次可能只有十天可活了，我不想再让你浪费生命了！韩总他挺好的……我祝你们幸福……”

柳天语慢慢地转身，脑子里飞快地寻找着让自己不用夺门离去的理由，但那漫长的一秒钟里，他终于没有想到任何借口……

“天语，我怀孕了……”

柳天语终于可以暂停下来。“我们要有宝宝了？”

沈莹雪哭着点点头。

“本来，明年你醒来的时候，要给你个惊喜……可是你怎么提前醒了……”

“我们要有宝宝了？可是，我只有十天了阿雪……这个宝宝会没有爸爸的……都是我的错！我又赌错一次！”

沈莹雪拉住他的手，浑身拼命地战抖着。“不管怎么样，只要你能活着，宝宝就不是没有爸爸的孩子。天语！无论如何你要活下去！”

“这真的不是我说了算的……我……真的想活下去，真的想让你别再那么累，真的想抱着宝宝看他一天天长大！可是这不是我说了算的……”

柳天语回过身来，一把抱住沈莹雪放声大哭，脚下一软跪在地上抱着妻子稍有隆起的肚子埋头呜咽。

丈母娘神色有些慌乱，但嘴还在不由自主地唠叨：“小雪……你省点钱给孩子吧，还救他有什么用！……韩老板呀，怀孕这事我真不知道，你这么喜欢小雪应该不介意这种小事吧？……再说，这孩子也许就是你的呢……”

沈莹雪怒吼起来。

“李梓琴！你别再掺和了！……韩总，我感谢你帮我们，但是以后请别再见面了，你的钱我一定会还给你的！……求求你们了！给我们条生路吧！”

韩老板努力保持着他的文雅：“小雪，我只想让你幸福……钱不重要，你以后也许会更难……我……希望还有机会帮助你……”

“……离开我们，就是最好的帮助……”

韩老板落寞地点了点头，决绝地转身离开。沈莹雪目送他消失在外面的雨中，再转回头来，虚弱不堪的柳天语已经昏倒在自己怀里。

“天语！天语！”

那天晚上，沈莹雪和辛西娅在ICU（重症监护病房）外，并排坐在冰冷的长椅上。

“你会恨我吗？”辛西娅的声音在空旷的楼道里来回地碰撞，好久才消失在昏暗之中……

“为什么？”

“我找的这个业务，可能害了你老公……”

“我有点恨他，为什么不和我商量……”

“他想赚些钱吧，不让你太拼命……”

“每次他的初衷都挺好，只是最后把所有人都害了……”

“至少初衷还好吧……你还想救他吗？”

“不了，我想救的其实一直是我自己，现在，还有我的孩子……”

“像现在这样，他回到眠时舱的话，也只有七八年的时间了，到时候你的孩子还小，这个病也不见得有药可治，也许更受苦……”

“放弃了,就一点希望也没有了;不放弃,至少希望还在……”

“哼,你也是个赌徒呢,最容易输得倾家荡产的那种……”

“也是唯一可能成为赌圣的那种……”

辛西娅拍拍沈莹雪的肩头,起身离开了。

隔天,昏迷许久的柳天语醒了过来,盯着天花板幽幽地说:“把钱省下来,孩子以后需要很多钱的。”

沈莹雪低头坐在陪床的小木椅上,并没抬眼看他。

“如果没有这个眠时舱,我们也许早就认命了,可是有了这根救命稻草,放手,我真的做不到……”

柳天语呵呵笑了两声:“唉,科学呀,把我们变成了跑圈的小仓鼠，拼命地花钱活下去，不管多累多苦。”

“人，就是这样吧，没有科学的时代，人是不是好些？”

“……好像并没有，原始人抓个猎物弄熟了也不是容易的事。”

“那就认命呗，你就是宅在冰箱里的命。”

“……命……一天以后我能给宝宝喂一次奶瓶，两天以后我能扶着他小跑，三天以后我能教他童谣，四天以后我帮你把他从幼儿园接回来，五天的时候我教他认几个字，六天的时候监督他写作业，七天的时候帮他戴一次红领巾……还要告诉他，爸爸要去别的星球了……”

“胡说！胡说！五岁的时候你的病就有治了，每天都会和孩子在一起的！”

“……嗯，好吧，六岁吧，他上学了，我们是不是有更多的私人空间呢？”

“以后都要为孩子活了，哪还有私人空间……”

门开了，辛西娅进来，拿了两份新印刷的产品介绍书，递给两人。

“你们的事情我想了想，现在这样下去是肯定不行的，七到十年内治这个病的技术恐怕很难出现，保守估计要三十年，按照目前一夜一年的比例，天语恐怕是坚持不到的……”

沈莹雪不知道她要说什么，下意识地否定了一下：“我看了科学报道，说是……”

辛西娅打断她：“我们要按最坏的情况来做打算，不然的话还是逃不了！我来介绍一款新产品吧，其实很简单，这个新模式，可以让天语二十四小时不间断地时间旅行，这样三十年后，对于他来说，只有两三天。”

“二十四小时不间断？那阿雪每年还怎么和我相聚？”

辛西娅瞥了他一眼：“没有相聚了，你们只有三十年之后才能再次相见……”

“那，我和死有什么区别？阿雪自己怎么坚持下去？还有我们的孩子，他第一次见到我的时候已经三十岁！比我现在还大了！”

辛西娅点了点头，怀孕的沈莹雪踉跄一下，坐在了椅子上。

“但是至少，他们母子的生活，还有一丝希望……”

第二天一早，沈莹雪用轮椅推着柳天语，辛西娅陪他们来到新病区一个非常有科技感的病房。

辛西娅像个导游般介绍起来：“就是这里了，

VIP版的眠时舱，五平方米的小房间，天语要在里面待上七十二小时，食物、药物都准备好了，只是没有卫生间和浴室，你要稍微忍耐一阵子。”

柳天语并不介意：“这些都不是问题，费用呢？”

“每年不用醒过来节省了不少能量，但是加速又需要稍微增加能量，总体来说，费用是原来的70%。”

“……能不能退一部分首付？”

“……可以的，我可以帮你们申请。”

柳天语还在磨磨叽叽，沈莹雪已经下了决心。

“那我愿意……”

辛西娅指了指VIP舱的一个圆形玻璃窗：“告诉你们个好消息吧，这个窗口在未来三十年里都会是透明的……知道这有什么好处吗？”

“我能看见天语？”

辛西娅点点头：“是的，你可以随时看见他，而且，他也可以看见你！”

柳天语站起身走到窗子后面，向沈莹雪招手，窗子是个透镜，他有些变形。

“不过呢，你们知道慢镜头吧？天语在舱里面的一切动作都像是用慢镜头播放，他说一个字也许在我们看来就要几天。”

“也就是说，我会像个树懒一样？”

“嗯，比树懒还懒……”

“那我看得见阿雪吗？她对我来说就会变成快镜头？”

“是的，莹雪只有站在那里一动不动几十个小时，你才能看见一个人影。”

“……那太耽误她的工作了。”

“累都累死了！我们又不是原始人，莹雪只要来看你的时候拍几张照片，我们在外边一直显示着，你就能看到她了。”

“那还好，那还好……”

一直在听的沈莹雪咬咬嘴唇：“就这么定了！柳天语，你为了我们娘俩就在这里冷藏三十年吧！外边，有我照料了！”

说完，沈莹雪和一位工作人员去办手续了。辛西娅凑近柳天语耳边小声说了句什么。

这是个很有仪式感的准葬礼，柳天语的几个“狐朋狗友”、沈莹雪、丈母娘、辛西娅一行来到VIP眠时舱外，和他见上未来三十年的最后一面。柳天语和沈莹雪拥抱，难舍难分，如胶似漆，俗得让人有些动容。终于，时间到了，柳天语进入了眠时舱。舱门关闭，外边的人看见屋里蓝光一闪，柳天语好像被冻僵了一样一动不动。大家搀扶着沈莹雪离开，可她不愿离去，一个人在舱外守候，直到夜色降临，柳天语竟然纹丝未动。

眠时舱里面，柳天语转过头来时，发现舱外一瞬间空无一人，他冲过去，继续张望，忽然出现了一个电视屏幕，上边显示着沈莹雪的笑脸。

几天前沈莹雪过来的时候，正看见玻璃窗后柳天语焦急张望的样子，脸上的迷惑不安让人心疼，就像是在车站走丢的小孩子一样无助。沈莹雪忍不住哭着扑到玻璃窗上一通敲打，可柳天语一动不动。赶来的辛西娅劝开沈莹雪，擦干她脸上的眼泪，拍下那副笑脸……

冰箱里的柳天语看着屏幕上每隔一秒钟就换一次的照片，忽然想起辛西娅的耳语。

“三十年后，你老婆就快六十岁了，你会嫌弃吗？”

柳天语坐下来默默流泪。忽然床头的一个平

板电脑响了一下，上边有很多留言，是半个多月时间里沈莹雪写的信息，多得他都读不过来，其中还有一段视频，是沈莹雪去孕检，大夫说一切正常。

柳天语看完留言再抬起头来，外边沈莹雪的画面变成了她穿着孕妇装的样子。

柳天语从平板里回复了几个字。

“爱你和宝宝！”

刚刚回复完，沈莹雪的信息就发回了几百条。柳天语放下平板，走到窗前，在窗上吻了一下。

眠时舱外，沈莹雪挺着大肚子，看柳天语亲吻玻璃的表情，哭着笑了起来。

里面的时钟只走了一个多小时，外边的屏幕上沈莹雪的肚子却像吹气球一样大了起来……忽然屏幕的图片静止了，柳天语跑到窗边不知发生了什么。不多时，屏幕终于有了变化，沈莹雪怀里竟然抱着两个宝宝！眠时舱外，沈莹雪看见柳天语竖着两根手指惊喜的表情，亲了亲怀里的柳琪和柳迪——这对龙凤胎让她对柳天语的思念变了个滋味。外边屏幕的变化越来越不明显了，沈莹雪从生孩子时的虚胖回复了之前的清瘦，笑容里带着几分疲倦。柳天语开始吃药，吃早饭，回复几句沈莹雪渐渐稀少的留言。他睡了一会儿，再醒来时，外边两个小宝宝已经人模人样了，丈母娘抱着男孩，沈莹雪抱着女孩，柳天语在纸上画了四只小猪和一所房子，举到玻璃窗前。

沈莹雪看到后隔着玻璃轻轻抚摸……

外面的世界在柳天语眼中变成了一组蒙太奇画面——

沈莹雪转过身来，衣服变成了冬装，两个孩子已经在地上跑了……

沈莹雪不断换装，也渐渐变得成熟起来……

孩子长大了，和丈母娘一起在走廊里玩耍，沈莹雪一个人看着蜡像一样的柳天语……

孩子们已经戴上了红领巾……

小男孩柳迪站在凳子上往眠时舱里看,他忽然问道:“妈妈,你看爸爸在干什么……好像是在嘘嘘,好恶心。”

沈莹雪打了他一巴掌:“不许那样说爸爸！”

“可是姥姥说，爸爸是窝囊废，不能照顾我们。我讨厌他！”

沈莹雪结结实实打了孩子几下,然后埋头哭了起来。

柳迪踩着梯子看里面……

柳迪换了一把高椅子看里面……

柳迪踩了一个板凳看里面……

柳迪变成了少年看里面……

柳迪叼着虚拟香烟蹲在门边,柳琪和已近中

年的沈莹雪在那个小小的玻璃窗外往里看……

柳天语睡了一觉,看了看钟表,外边已经是二〇三五年了。他打开平板,却发现设备坏掉了,无法接收信息。他写了一张小纸条:“电脑坏了,不能回复了,我永远爱你们!”柳天语把小纸条贴在了玻璃窗上。

柳琪拿着录取通知书来给柳天语看……

柳天语在玻璃窗里竖大拇指……

柳迪叼着虚拟香烟蹲在门边,只有沈莹雪在窗外往里看……

柳迪也不来了,只有沈莹雪站在窗外……

沈莹雪的头发已经花白了……

柳天语再次醒来,外面的大屏幕已经变成先进的裸眼立体显示,但是沈莹雪的图像好久没有变化了,柳天语看看时钟,已经是二〇五〇年了……

他忽然想起辛西娅耳语时自己的回答:“只要她是沈莹雪,九十岁了,我也不嫌弃她……”

下篇

解冻老爸

阴雨天，一个看上去二十五六岁的年轻人，穿着一身过时的二十一世纪二十年代的衣服，拎着几个袋子，里面装了乱七八糟的洗漱用具和衣服，甚至还有一些二十年代的饼干零食，站在二十一世纪五十年代一所超现代化的医院门口，不时有无人驾驶的出租汽车从眼前经过。他招招手，却没有一辆车停下。年轻人翻出自己的手机，打车软件打不开了，仔细一看，原来手机根本没有信号。

马路对面的树荫里有个三十多岁的男人一直冷眼端详，他掐灭一支虚拟香烟，踱步走了过来。他上下打量着更年轻些的男人，面带厌烦。

“你是柳天语？”

经历了时光旅行又大病初愈的柳天语点点头，在阳光下皱皱眉，特别仔细地注视这个看上去比自己大上几岁的男人。

“柳迪？你是柳迪吗？”

柳迪不情愿地晃着脑袋承认了一下，然后接过柳天语的一个包袱，径自沿街走了。柳天语犹豫了一下，追了上去。

“没车吗？就这么走回去吗？”

柳迪停下脚步，回过头来瞪了柳天语一眼，恶狠狠地说：“家里穷，没车，至于为什么穷呢，你应该比我清楚！”

柳天语张了张嘴，没说什么，悻悻地跟着柳

迪继续前行，一路上二十一世纪五十年代的街景让他应接不暇，依稀中原来的城市只留下淡淡的痕迹。

两个人走到一个街角，柳天语看到一个有点陈旧但很整洁的咖啡馆，在店门前停住了脚步，愣愣地注视着店门。已经走出去好远的柳迪生气地返了回来，拽着柳天语要走。

“磨叽什么！走呀，还老远呢！”

柳天语的眼神像个受了委屈的婴儿。“这里……我认识，我们进去喝一杯咖啡吧……”

柳迪叼着虚拟香烟，瞥了两眼咖啡馆：“这就是我妈常说的那家咖啡馆？”

柳天语眼泪汪汪地点了点头，柳迪心一软，和他一起走了进去。

里面有很多空座，可是柳天语却盯着一个窗边有人的小圆桌，柳迪拉他在旁边的位置坐下，点好了咖啡,恰好那个人结账离开,柳天语拎着大包小包挪了过去。

柳迪无奈跟过去，坐在其中的一把椅子上，终于挪完包袱的柳天语又可怜巴巴地看着他,想要坐在他的座位上。柳迪愤愤地换了位置,柳天语如愿坐在了那里,冲着柳迪傻笑。

服务员端来了咖啡,柳天语猛一回头,逆光中一头长发的女服务员让他神情恍惚,仿佛一下子回到了三十年前的某一天……

柳天语边喝咖啡边回忆，自顾自傻傻地微笑,像个精神病人。

一个男服务员上下打量他，然后悄悄问柳迪:“这是你乡下的精神病表弟？”

柳迪撇撇嘴无奈地摇头:“比那个还可怕！这是我冷冻的亲爹,我得管他叫爸爸！”

男服务员深表同情地拍了拍他的肩膀。

喝完咖啡，柳迪带着柳天语继续赶路，又坐了几站地铁才回到家里。家里装修得非常时髦简洁，是二十一世纪五十年代的现代化风格。

“我们还住在这里呀？”

“嗯，我们一直租……”

柳迪拿了罐啤酒，边喝边顺手指了指旁边一个小客房的房门。

“你住那屋吧，现在不是合租了，整个单元都租下来了。”

“你妈妈住哪间？我和她住一起就行……”

说着，柳天语推开原来属于他和沈莹雪的那间屋的房门，房间里的布置早已改变，床头还有一张挺大的黑白遗照，是丈母娘的，看样子是七十多岁时照的。

柳天语沉吟片刻:“她……已经去世了?”

柳迪不耐烦地关上这间房门,把柳天语推进了他指定的那间。

“还不是因为没钱!姥姥就差几年没赶上全民延寿的福利,死了!”

柳天语把大包小包扔进这个阴面的小客房里。

“阿雪呢?她没来接我,是不是在生我的气?”

“她暂时不想见你……”

柳天语皱起眉:“不会的!我前几天还在窗口看见她的,她冲我笑得很甜!”

“对,冲你笑!回家来哭!你知道我们这些年过的什么日子吗?”

“她有什么话直接跟我说呀,你为什么不让我见她呢?!”

柳迪摔门而去,柳天语追了出去,这时候有

人打开了单元门的电子锁,一个年轻漂亮的女人走了进来,分明就是沈莹雪。柳天语跑过去紧紧地抱住她,泪流满面。

“阿雪,我回来了,我回家来了!”

女孩却轻轻推开他。

“爸爸!我是柳琪,不是妈妈,你应该认识我的呀……”

柳天语松开手,端详女孩。

“柳琪?柳琪!我当然认识你,我在里面天天看你的照片……可是,你妈妈在哪呢?我好想见她。”

“妈妈她……她去旅游了,过一阵子才回来……爸爸,你先安顿下来,我和柳迪会照顾你的。”

柳迪不再吭声,无精打采地转身回到他自己的房间,倒进沙发床睡起觉来。

来到未来的第二天清晨，柳天语醒来，发现自己好像是在一个棺材里——这个房间变得非常奇怪，里面没有任何家具，没有门窗，只有雪白的墙壁。

柳天语怕自己其实还没醒，喊了几声：“柳琪？柳琪？……柳迪？”

没人回答他。柳天语站起身，自己身后的床也慢慢地消失在墙上，他被困在一个十平方米严丝合缝的小盒子里。柳天语开始慌张起来，沿着四壁胡乱地摸索，忽然墙上出现了一个虚拟显示器。他胡乱点按，房间里出现了自动吸尘机器人，然后自动衣橱也打开了，他赶忙选了几件衣服，换下了过时几十年的旧装。

最终，柳天语误打误撞地启动了虚拟装饰系统，屋里恢复了昨晚的样子。原来二十一世纪五十年代的装修都是虚拟装修，可以随时更换自己喜欢的风格。柳天语好奇地换了几次，选了一套有些二十年代风格的老派虚拟装饰。

柳天语拉开虚拟房门，来到单元房大厅，餐桌上有早点和柳琪留下的虚拟三维录像。

空气中飘浮着的柳琪很和气地冲着空气说话："爸爸，我和柳迪工作很忙，你先看看我发给你的资料，熟悉熟悉现在的生活。午饭晚饭都会自动送来的，需要其他的随时通话告诉我，周日我们再整天陪你……"

柳天语叼着一根油条自顾自地嘟囔了一句："我二十多岁就成空巢老人了……"

柳天语不耐烦地按下了虚拟的停止键，吃过早餐之后，他打开单元门，决定到外边去散散心。

柳天语在街上闲逛，没有钱，手机也一如既往地没有信号。他站在商场里面，在一个大商场的电影院门前徘徊，电影院的三维海报吸引了他，他尝试启动手机，却徒劳无果。

商场里一个长得很机灵的女推销员注意到了柳天语，这个身着套装看上去二十岁出头的女孩，从公文包里抽出一张宣传单，很帅气地递给柳天语。

“帅哥，你喜欢这些老古董？”

柳天语看看自己手里的手机，又看看美女。“老古董？手机淘汰很久了吗？”

女推销员一脸诡异地看着柳天语：“淘汰？这种东西流行过吗？咱们也就是在老电影里看见过吧？”

柳天语恍然大悟：“哦，所以完全没信号……”

推销员翻了个无奈的白眼：“天哪，还以为遇到鉴赏家了，原来你是个棒槌，这种古代玩意用的是什么 wife 网！现在的量子信道当然不兼容了。”

“Wi-Fi，不是wife（妻子），那现在我要买什么样的手机呢？”

推销员瞪大了眼睛：“难道……你是个解冻大叔？就是刚从医院解冻出来？哎呀妈呀！我中奖了！……来活了！”

“可能，是吧……”

推销员拿出一支笔，示意柳天语填个表。柳天语注意到宣传单上的图像竟然在动，显然是高端电子纸。他点了一下“填表”的区域，一个个人信息表显示出来，柳天语开始填写。

“天哪！你比我老爸都老！你是我见到的第一个活的解冻人！”

“……填了表，我的手机就能用了吗？”

“当然不是，填好了你要到店里，我们把量子电话给你注射进去……你肯定没用过量子电话吧？……那就不用透析掉以前的老型号，几分钟就搞定了。”

“注射？”

“对呀，老爷爷，我们现在的量子电话是纳米机械，注射进身体里就好了。”

“那，要花很多钱吗？”

“购买不用花钱，每月交话费就行……你们这些解冻大叔都是土豪吧，这还计较？”

“土豪？我好像是身无分文吧……”

填好表，推销员让柳天语在宣传单上按下一个手印，很快宣传单上出现了“受理”字样。

推销员带着柳天语到旁边的店面，用无痛注射器给他注射了一小瓶药水。

柳天语发现眼前出现了一个虚拟屏幕，很像自己熟悉的安卓界面，他试着用手去点击，但是好像没用。

推销员看见他笨拙可笑的动作赶紧解释：“界

面是靠意念控制的,我们从小就会用,老爷爷您要慢慢适应一下,其实很简单的……”

柳天语试了试，把注意力集中在图标上,果然可以这样操作。他进入了微信的界面,可是自己的账号已经被锁定了。

“我的微信锁定了……”

“……让我看看……好的，我帮您申请了恢复,手机号也恢复了……OK,欢迎回到未来,柳天语老爷爷！”

“好吧,谢谢你了……怎么称呼？”

“我？叫我 Cynthia 就好……”

柳天语忽然想起一个人。

“辛西娅……我有个朋友也叫这个名字……她也是个推销员……”

柳天语凭着印象，在虚拟地图的指导下,来

到三十年前沈莹雪工作的那个五星级酒店。那里还是三十年前的布置，但是已经显得有些破败。

柳天语来到前台，问大堂经理：“请问沈莹雪还在吗？”

对不起先生，我们没查到相关的入住记录。

“不，我是说，这里之前的一位公关经理……或者升职了……”

大堂经理摇摇头：“据我所知，没有这位同事……她是哪一年入职的？”

“三十多年前吧……”

大堂经理拿起电话，似乎要报警，柳天语自己识趣地离开了……

柳天语在街上徘徊，忽然发现一个女孩的背影特像沈莹雪，他尾随人家上了地铁……下了地铁，刚要追上去，却被一个机器人警卫拦住了去路。

原来他身上的电子货币不足以支付地铁票，身无分文的柳天语，被困在自己毫不熟悉的未来世界……

一小时后，车站的治安警察一边数落柳琪，一边打开拘留室的门，柳迪在后边皱着眉跟着。

“这种解冻老人我们站也是第一次遇到，对他采取强制措施是有些不当，不过你们家属也请多花些时间，先让老人家了解下现在的生活方式……”

警察进来，和柳天语握了握手。

“柳老先生，抱歉，你的情况有些特殊，我们如果得罪了还请原谅。”

“老先生？好吧……”

“大”自己几岁的女儿柳琪，像个老大姐似的嗔怪柳天语：“爸爸，你怎么到这里的？不是让你先看看视频吗？”

“我刚才看见一个女孩,特别像阿雪……阿雪呢？我好想见她。”

“……妈妈她,去旅游了,流行的那种离线游,就是关了量子电话去旅行……”

“她,不是不喜欢旅行吗？”

“……妈妈她,退休后喜欢上的……”

柳迪不耐烦地走上来，拉住柳天语的胳膊像教育孩子似的往门外拽。

“别在这丢脸了！回家！”

柳琪赶忙拉住鲁莽的弟弟:“柳迪！爸爸的病刚治好！”

柳迪并不理会,揪着柳天语,三个人一起离开了警务室。

于是,柳天语被儿女关了禁闭,整天独自坐在家里,面对着空空如也的四壁,胡乱比画着。在他自己的视角里,可以看到虚拟的界面,他开始按照记忆装饰自己的卧室,试图把一切恢复成三十年前的样子……

柳天语还是用不惯VR操作系统，他自己尝试着在虚拟房间的书桌上组装了一台二十年代的台式机，没想到这个虚拟的电脑完全可以使用,就像真实的一样。柳天语打开Windows,开始用自己习惯的方式浏览起来。

他胡乱地搜索,竟然找到了三十年前的微信通信录,尝试着和几个人通话,但没有人回复,沈莹雪的头像同样迟迟不出现回复的小红点。

忽然,一个图标亮起,一个老头从图标里面钻了出来。

“柳天语?! 你还活着?! ”

柳天语仔细地打量他,一时认不出来。

“你是? ”

“我呀！老杜！不，小杜！现在是老杜，你真的是柳天语？”

柳天语眼睛瞪得大大的，那人还真是老年版的小杜。

“是我呀，从拉斯维加斯回来后我住进了眠时舱，最近那病能治了，我就活过来了……”

老了的小杜老泪止不住地流了一行。

“那是快三十年前的事了！咱们人头输成了狗头的那次……可是你竟然还活着！”

“对我来说，其实不过是不久前的事……你呢？你怎么还的账？”

“哎呀……一言难尽呀！三十年！总算挺过来了，我现在还在美国，中国这边就弄了个虚拟替身……”

“什么意思？”

“哦，我忘了，你已经是土老帽了……简单说就是我在国内买了个机器人，长得跟我一样，替我办各种事……”

“阿凡达？”

“什么达？哦……天哪，这简直是童年的回忆了，多少年没人提起这个片子了！”

“那你还写小说吗？”

“现在没人写小说了，都是 VR 全息网剧，我搞这个，火了不少年，不过，现在过气了，呵呵，养老吧。”

“有多老呀？真想见面看看活的，几个月不见，你是不是变成老流氓了……”

“好呀！明天我就坐超级高铁找你来！我可真的老是想你，有时还祈祷你在天堂享福呢……”

“好吧，说实话，我下地狱了，发这个微信是来接你的！”

“哈哈，老朋友，我现在快六十岁了，可别吓唬我,吓坏了要花好多钱去做延寿的!爱你!明天见!”

超级高铁已经联通了美国和中国,虽然绕道白令海峡，但是高超音速让行程不超过两个小时。全球很多国家和地区都接入了超级高铁网，世界也似乎变得更局促了。

第二天午后,中年人样子的小杜和依旧年轻的柳天语已经实现了跨洋约会,坐在那家咖啡馆里喝上了咖啡。

小杜嘬了一口滚烫的无咖啡因拿铁,忽然聊起了沈莹雪:“你老婆可是个厉害娘们！”

“阿雪？她还厉害？”

“厉害！超过了你丈母娘了！”

“你胡说,老糊涂了吧?我老婆我还不知道?”

“哼!那是你在棺材里憋糊涂了!十几年前吧，

我终于缓过来的时候，回来找过你一次。见到你老婆，她把我那顿臭骂呀，说是我害了你，害了她一辈子。你那个儿子也不是省油的灯，十多岁的半大小子，抄起个棒球棍就撵我……哎呀，现在想起来我都打哆嗦……”

“……柳迪吗？我也怕他那眼神……”

“唉，谁也别怪，你睡了几十天，他们孤儿寡母的那可是苦熬了三十年，沈莹雪要还是个温柔女人，恐怕已经改嫁不知道多少次了……对了，你们现在处得好吗？”

“我出来以后还没见到阿雪，柳琪说她去脱线旅游了……”

“离线游吧？什么脱线呀，你这土老帽！……对了，我有你们家恶婆十年前的微信号，像我们这些老人有时还虚拟个手机玩玩微信的，你试着找找她？”

柳天语接过小杜递过来的虚拟微信名片，用自己的虚拟手机添加好友，对方没有反应，小杜拿过去看了看。

“还没加你，但是能定位到 B 城，她可能正在那里旅游。”

柳天语兴奋起来，在眼前的虚拟地图上找到 B 城，想网购一张火车票，可是余额不足的提示又弹了出来，柳天语气得直打空气。

小杜递过来一张虚拟卡片。

“天语，你们家恶婆子说得对，当年是我害了你，这点钱你先用着，有什么困难随时来找你杜哥……不，现在正经算是杜大爷了。”

柳天语接过卡，心存感激地给了老杜一拳。

B 城的火车站没有三十年前那么喧闹了，柳天语觉得可能是超级高铁分流了旅客，再加上越来越多的人选择通过眠时舱休眠，坐普通高铁的人多少有些为了怀旧消磨时间。柳天语在清净的候车大厅等了一阵子，约好的女人才姗姗来迟。她并没有坐下来，站在柳天语身旁递过一张虚拟名片。

“……咱们联系的这个微信原来是酒店的客服号，我十年前转过来的，当时听说上一任大堂经理的确姓沈，这是那时她的新微信号……至于你现在找不到沈姐，我觉得还是应该相信你的孩子们，现在这个社会呀，没有死亡威胁了，人活得挺无聊，大姐可能真的是去离线游了，你再等等，她等了你三十年，你等她一年半载的也算个补偿吧……”

柳天语挤出个微笑来感谢她……

柳天语用虚拟手机打开微信，想用沈莹雪十

年前的新微信号登录,需要输入密码。他输入了丈母娘的生日,被拒绝;又输入了柳琪和柳迪两个人的生日,也被拒绝;最后他输入了自己的生日,果然成功了。

柳天语浏览沈莹雪的朋友圈,发现最后几条是两年前的照片,沈莹雪拍了很多世界各地的美景,看来真的是在环游世界,但是却没有她自己的影像。

柳天语失望至极,把虚拟手机狠狠地甩到墙上，虚拟世界里腾起一朵滑稽的迷你蘑菇云,但是他毫无笑意……

柳天语回到家里，决定不再依赖虚拟手机，因为他觉得手机已经彻底摔碎了,开始练着使用眼前的现代化虚拟操作系统。他反复浏览着沈莹雪微信上的几张照片,想找到这些照片的拍摄位置，恰好找到一个人工智能图片分析 App（应用程序），一通运算后，地点慢慢聚焦在近郊，柳天语兴奋起来，想冲出家门，要去那里找沈莹雪。可是还没出门，柳迪回来了，两个人撞个正着。

柳迪审贼似的问道："你要去哪？"

柳天语支支吾吾："去郊区……找朋友。"

"脸丢得还不够？找朋友，你有钱买车票吗？你以为现在还是二十年代随随便便就能逃个票？"

柳天语想起老年小杜给的钱，忽然来了脾气："我有钱！你别担心，我是成年人，我不是你弟弟，更不是你儿子！……我是你爸爸！"

柳迪一听，脾气更大！

"爸爸？好！你想当我爸，给我钱买房娶老婆！给我钱念研究生！给我钱去留个学！你做了什么爸爸该做的事情了就想当爸爸！哼，可笑！可笑！

要不，你给我找个好工作也行！……找不了吧！没事，我先给你找个工作！”

柳迪抬手扔过来一张融合现实的虚拟名片，像飞刀一样深深扎进了柳天语的前胸，虽然是虚拟的影像，但他还是感觉到一阵剧痛……

“下午给我去上班！我们可养不起一个废物爹！还好你不是七老八十！去干点体力活，把你欠的贷款先还了吧！”

柳迪摔门回他的房间了，柳天语从身上拔下那张名片，看看上边的店址……

柳天语背了个出院时带出来的旅行包，里面胡乱装了些过时的旧衣服，匆匆离开了这个姑且叫家的地方。一开始他是下了决心去找沈莹雪的，可是走着走着脚步就慢了下来，人工智能给的地址能信吗？去了再回不来，免不了又被“儿子老兄”教育一顿……再说自己这个穷样子，沈莹雪会不会嫌弃？

越想越没有底气，他一屁股坐在街边，想浏览几个三十年前的文学网站，发现它们早就不存在了，只留下告别的页面，现在可能没人看网文这种过时的东西了。

柳天语漫无目的地在城市里徘徊，最后在一家正招聘服务员的餐馆门前停下了脚步。

餐馆老板举着他的身份证，歪着脑袋端详柳天语：“这么大年纪了！啧啧啧，有钱整容，怎么还来我们这里找活干？”

“没整容！刚解冻的，家里钱花光了，还欠着贷款呢……”

“嗯……活着比死了更辛苦……”

柳天语一怔，苦笑了一下。老板开门，招呼他进去，算是同意收留他了。

穿上服务员制服的柳天语，有空的时候就蹲在后厨门外，从立体虚拟界面里找一张沈莹雪的照片，一边学着柳迪的样子抽上一支虚拟香烟，一边痴痴地看着她……

一个月一晃而过，老板在全员早操之后向站成一排的服务员们宣布，工资已经打到他们的支付宝里了。大家鼓掌解散后，柳天语傻乎乎地问老板："老板，现在还有支付宝这东西呢？"

"当然有了，你这岁数的人好多都靠支付宝赚过大钱的，你还记得号码不？我把工资转给你。"

"赚大钱？"

"是呀，二十多年前，支付宝的余额宝有过一次暴涨，有些人的存款翻了几十倍的！"

"是吗……我回忆回忆……"

柳天语回到厨房后边的小街上，打开立体虚拟界面，下载了最新版的支付宝，输入自己的账号，一个巨大的保险箱出现在他面前，上边一组金色的数字不断变换，最后停了下来，柳天语仔细地数着位数。

“个、十、百、千、万、十万……十万？二十三万？”

柳天语蹦了起来。对于他来说，几个月前还是几千块的余额，现在已经是二十三万！

柳天语去转动那个虚拟保险箱的密码盘，一个提示冒了出来：“您的取款密码长期未使用，请在下列合法证明人——妻子沈莹雪的陪同下重置密码。”

柳天语负气地坐在地上，把那个可怜的虚拟保险箱踹开。

领到工资的柳天语不用再打地铺，住进了附

近的一家太空舱旅馆,上了些岁数的宿管阿姨带他到自己的舱位。

“小伙子,刚来城里吗?”

“有些年了……”

“那还住我们这,工作不顺心吧?”

“还好,第一个月拿工资,只能住这,上个月一直在餐馆凑合的……”

“哦,我们家老大也做餐饮的,现在餐饮稳定,不像我们年轻时那样都想当白领、干 IT(互联网技术)……”

“IT 不好吗?”

“小伙子,你是从哪个山沟来的呀,IT 现在都是 AI(人工智能)自动化啦,哪有工作给活人?”

柳天语点了点头:“大妹子,我可是土生土长的本地人。”

说着,他拿出身份证给管理阿姨看。

“哎哟哎哟！你竟然比我还大三岁呀！你，你是……”

“对呀，我刚解冻。”

“那好，那真好！怪不得还这么年轻！”

柳天语爬上梯子进入了自己的太空舱，二十一世纪五十年代的太空舱旅馆，也是有虚拟装修功能的，柳天语尝试着打开虚拟系统，狭小的太空舱变成了一个荒原上的小帐篷，顿觉心旷神怡的柳天语不禁深呼吸，结果不那么新鲜的空气让他狠狠地咳嗽了几声。

“阿姨，这潮气太重了！”

“大哥，我一会儿给你打开新风系统，等会儿就好了……”

柳天语这几天迷上了一个虚拟现实剧创作课程。二十一世纪五十年代，任何一个普通人都能成为电影大师，在这个系统里面，预置了无数电子演员，只要你能想起名字的过气明星，都可以找到，还可以把很多人融合起来，塑造一个只由你调遣的角色。你可以指挥他的动作，还可以把自己的表情投射到这个虚拟角色上，再把他丢进虚拟场景，让他按照你的脚本走来走去……虽然很多数字资产需要花钱，但是并不贵，很多人都在玩这种东西，每天制造着天文数字量级的垃圾内容。

小杜作为这个行业曾经的大腕，也在帮助柳天语学习，时不时冒出来像个伪专家似的点拨一下："这些场景呢，都不贵的，是 AI 生成的，也有专业剧使用的实拍场景，那个就贵了，只有我们这种成名的导演才有渠道搞到。"

柳天语用刚学到的技巧在虚拟系统里把小杜打扮成知名导演希区柯克，然后拿起冲锋枪给了他几梭子，小杜还击，两个人像小孩子似的打闹起来。柳天语一起身磕到了脑袋，因为太空舱的房顶实际上很矮。小杜嘲笑着继续攻击，不一会儿就累得气喘吁吁。

“唉，老了，每年都做延寿，可还是不及年轻时的状态了……你们这些解冻人反而占了便宜咯，弄不好可以永远年轻的……”

柳天语忽然心头一沉。阿雪现在是不是也上了年纪了？好想见她。

小杜不识趣地在虚拟界面里把自己装扮成阿雪的样子，刚想做些滑稽的动作时悬崖勒马。算了，不能开这种玩笑……

他变回自己，在虚拟空间里拍了拍柳天语的肩膀。

几周之后，柳天语回家去看女儿柳琪，带着

她在一个他自己设计的魔幻虚拟空间里散步。柳琪像个步入童话世界的小姑娘似的左顾右盼。

“爸爸,你做的这个场景真的好有意思！”

“好玩吗？这是我几年前,不是,是三十几年前刚和阿雪结婚时就开始构思的一个故事,想讲给我们的孩子听。”

“你一直想要孩子？”

“想要呀，可是一直不稳定，就耽误了好几年。”

柳琪敲了敲在虚拟世界中几乎看不见的墙壁,冲着隔壁房间大喊:“柳迪！柳迪！你快过来看爸爸给我们做的VR世界！”

柳迪的声音瓮声瓮气地传了回来,但不见他的人影:“他？他能设计出什么好东西……”

他推开门，忽然闯进了这个虚拟的世界,满脸轻蔑地环视了一圈,却没有立即离开。

“这就是他们那代人落后的审美……”

柳琪不以为然：“可是你不觉得，这比我们看烦了的 VR 剧更有意思吗？弄不好爸爸会出名的……”

“有那么容易？全球一半人都在玩 VR 创作，出名的也就几百个……”

柳天语在旁边插不上话，看看儿子再看看女儿，像个可怜的选手在等待评委评判……“不用出名，你们喜欢就行，当时我设计的主角也是姐姐和弟弟，他们和爸爸妈妈生活在那边的城堡里……”

三个人往柳天语手指的方向看去，那边有一座漂亮的有机器人守卫的欧式城堡。

“爸妈姐弟？”柳迪回头看看另外两个人，“我分配下角色吧，我演爸爸，你们演姐弟……”

柳琪踹了柳迪一脚：“没大没小！让爸爸演儿子？小心遭雷劈！”

三个人竟然忍不住笑了起来。

“我是第一次看见柳迪笑，让我演儿子就演儿子吧……其实无论生理年龄还是心理年龄我都是最年轻的……”

高上半头的柳迪拍了拍柳天语的肩膀：“知道就好！还有救……走啦孩子们，回城堡去！”

那天晚上，这四分之三个家庭第一次温馨相聚，柳天语和两个孩子一起围着桌子吃外卖。

柳琪还挺兴奋：“爸爸这场景蛮新奇的，咱们组个团先做个样片吧，要是被大平台看上了弄不好就是爆款呢……”

柳迪咬着他的超大汉堡包嘟囔着：“我看悬。”

柳天语边喝啤酒边问：“要是有个漂亮的女一号，是不是更容易成功呀？”

“女一号？请真人演员很费钱的。”

柳天语小心试探：“阿雪她……不是挺漂亮的吗……”

柳迪放下手里的汉堡包，狠狠地看着柳天语：“你这家伙！我还以为你是想补偿一下我们年少‘丧’父，没想到还是变着法子想找我妈！……你城府够深的呀！”

“不是，我的确是想和你们亲近，片子要是真能赚点钱不也是一种补偿吗……我找阿雪，是想让她帮我取二十万块钱出来……我……”

柳迪把碟子一摔，回房间了。柳琪也不理解柳天语：“爸爸，咱家一直过得很紧，妈妈手里应该没有那么多钱……我们每个月赚得还行，但是一直在帮您还贷款……”

柳天语见孩子们误会了，赶忙解释道：“不是，不是，我不是找你们要钱，是要给你们钱，但是需要你妈妈回来我才能给……”

柳琪皱起眉，极其不信任地看着柳天语：“那有什么区别吗？”

柳天语狠狠地灌了一口啤酒，让自己平静下来，他不想让这来之不易的家的感觉一下子灰飞烟灭。

“我真的是要解锁支付宝密码才需要见阿雪的，不是想从她那里要钱，你们为什么那么恨我呢？我知道这些年我没有尽到父亲的责任……可这不是我故意的……”

“我不恨您，不过柳迪可能……跟我来……”

柳琪带着柳天语来到旁边的一个房间，那里本来空空的，柳琪启动了一个按钮，虚拟装修出现了，屋里还有几个人的虚拟影像。一个老年妇女冲柳天语走来，气势汹汹地骂着，他定睛一看，竟然是年迈的丈母娘！

“不洗手就想吃饭呀！柳迪你就没家教吧！以后跟你那个爹一样没出息！”

柳天语吓了一跳，下意识地喊了一句：“妈，您不是……”

转过身，柳天语看见十几岁时候的小柳迪站在背后，和他姥姥做鬼脸。

“洗啦洗啦，我才不会变成他那样呢！整天跟个树懒似的半死不活！”

“那就乖，看姥姥给你买的好吃的，自己吃别告诉你妈和姐姐……”

小柳迪接过姥姥给的一袋子零食，高兴地埋头吃起来。

现实中，三十岁的柳琪对柳天语解释：“从小姥姥就疼柳迪，十年前，姥姥病了，可是家里的钱都给您用了，妈妈快疯了……最后姥姥选择保守治疗：‘把机会留给天语吧，他一个孤儿从小没享过几天福……'"

柳天语很诧异，这真不像丈母娘的口吻。"她真这么说？"

柳琪点点头。柳天语叹了口气。

"姥姥走了没两年，她的病就可以治了，基因纳米延寿疗法几乎可以治疗任何疾病，咱们国家就给中老年人做了一次免费的全民延寿，可惜姥姥没赶上……柳迪看到那个新闻的时候气得发疯……"

"他觉得是我抢走了姥姥的生命？"

"嗯，是吧，这些三维虚拟现实录像都是好久之前录下的，柳迪经常在姥姥住过的这间屋子里一个人看这些录像……"

虚拟录像里的丈母娘，和蔼地微笑着看着小柳迪吃东西。

柳天语喃喃低语："也许，她更应该留下来，至少比我懂得照顾孩子……”

柳天语一边打工一边做他的魔幻虚拟电影，有空的时候还会和女儿出来喝喝咖啡，他发现柳琪和沈莹雪一样，是个奶茶控。

“三十年前，其实我有很多机会让你们不失去父爱，可是我选错了，选择了一条不归路……从那时起，我每一分每一秒都觉得阿雪不会再原谅我了……醒来之后，她真的没有出现过，所以我一直很焦虑，想知道她到底有没有原谅我……”

“爸爸……你再等等，半个月吧……也许妈妈就能回来了……”

“半个月？”

柳琪点点头：“半个月！……爸爸，我先上班去了……”

说完，柳琪急匆匆地拿着一杯奶茶离开了咖

啡馆。

柳天语无奈地独自喝了几口美式清咖啡，一个虚拟通话接了进来，小杜出现在对面的座椅上。

“给，钱给你准备好了，你确定只要这么点？”

“对，足够了，现在买房子比那时候便宜多了！这二十万足够首期了！”

“你要买下那个老房子？那可没什么升值空间啊，现在年轻人很少买房的。”

“我又不是年轻人，买下这房子，也许阿雪就愿意原谅我了吧……”

两个人坐在咖啡馆继续闷头喝各自的咖啡。

外边下着雨，柳天语在飞机场空旷的大厅里等待，他一直期待着这个和沈莹雪再次相见的时刻。

柳琪踩着高跟鞋走了过来，柳天语从她的步伐里隐约听出了遗憾。

“爸爸，妈妈没坐上这班飞机……”

“她改坐超级高铁了？”

“不是的……我们一直瞒着你，其实妈妈没有去旅游……”

“她，已经走了？”

“不，妈妈只是得了阿尔茨海默症，登机前又加重了，我们一起去接她吧……”

“阿尔茨海默？她忘了所有事情吗？”

“只记得我和弟弟了……”

“可是她还这么年轻，怎么会？”

“医生说，她连轴转了几十年，再要强的人也绷不住的……”

柳天语颓然坐在地上，机场外正午的天空昏暗起来，智能路灯自顾自地亮了起来……

一辆磁悬浮轮椅从远处黑漆漆的楼道里慢慢地飘浮过来,两位女护士伴随左右。柳天语、柳琪和柳迪听到声音同时站起身来,柳琪和柳迪跑过去,柳天语无力地挪着步子。

柳琪含泪微笑着抚摸母亲的手:“妈妈,我们接你回家!”

沈莹雪的轮椅行驶到一扇窗边,柳天语一下子看清了她的样子——沈莹雪满头白发,脸上有些皱纹,身材也富态了很多,但还是一位风韵犹存的中年女人。

只是她的笑容有些呆滞,柳琪和她说话半分钟之后,她才循着声音转过头去看柳琪,仿佛正从一个只属于她的世界里慢慢苏醒。

“乖女儿……”

“是我,妈妈……柳迪也来了。”

沈莹雪转过脸,笑看满脸胡楂的儿子:“臭儿子……”

“妈……”

柳琪指了指柳天语:“妈妈，你看看这是谁？”

柳天语凑近，沈莹雪皱起眉来仔细看他,好半天,最终却摇了摇头。

“不认识……啊,是不是小琪的男朋友？”

“是我呀,阿雪,我,天语！”

柳天语上前抱住沈莹雪,沈莹雪很害怕的样子。

“小迪,救救妈妈,救救妈妈……”

柳迪拉开柳天语,推着轮椅往外走。

柳琪无奈地拍拍柳天语的后背:“爸爸,咱们先回去吧,妈妈慢慢会想起你来的。”

三个年轻人陪伴着沈莹雪,穿过明暗交替的养老院走廊,离开了这里。

日子长了，沈莹雪慢慢地对柳天语不再认生，有时候柳天语就推着轮椅带沈莹雪去当初相识的那家老咖啡馆，两个人悠闲地喝上一上午咖啡。

“阿雪，这个咖啡馆你能记起来吗……我们第一次相识的地方……”

沈莹雪并不回答，只是甜甜地傻笑。

“对我来说，那只是几年前一次难忘的邂逅，对你来说，却是几十年前早就忘记了的前世……”

沈莹雪忽然拿起咖啡壶给柳天语加了一些咖啡，还是笑眯眯的。

柳天语吃了一惊，想起了什么：“……这是，这是免费续杯吗？”

沈莹雪仿佛听懂了，笑着点点头，然后又目光茫然地望向窗外，若有所思。

柳天语拿出一张不动产权证，递给沈莹雪。

"阿雪,这是你一直想要的,我知道,现在房子已经不像三十年前那么重要了,可是至少我们有自己的家了。"

沈莹雪好奇地接过去,翻看着,然后把它递给了坐在邻座的柳迪。

柳迪接过去又交还给柳天语。"你就别费劲了,房子是干什么的? 娶媳妇,养孩子,一家人忘不了的半辈子……现在我们都这岁数了,有没有这个证其实没什么意义了……"

忽然,柳天语的虚拟手机铃响了,一个女人的声音,柳天语很快就听出来,那人是辛西娅!

"天语,你已经复活了吗?"

"辛西娅? 你……你还在眠时公司吗?"

"算是吧……你在哪里? 我有事要找你。"

柳迪推着沈莹雪离开了咖啡馆,不一会儿辛西娅急急忙忙地赶来。她竟然也还是三十年前的样貌！

柳天语上下打量着她。“你保养得真好呀！只老了几岁的样子！”

“真不会说话！明明是更年轻了好吗！”

“好吧，仔细看是更年轻了。”

“这还不是我陪大老板们睡觉睡出来的。”

柳天语一脸嫌弃，也不知道她说的几分是真几分是假。

“你又想歪了吧？我只不过是服务态度好，说服了不少客户，蹭他们的眠时舱，其实到现在我不过长了三岁，其他时间也是在舱里过的，咱们现在生理年龄差不多哟。”

“哦，对呀，我还欠你一夜吧？”

辛西娅哈哈大笑起来：“对哟，不过算了，我现在有睡不完的客户，能活到几百年之后呢，你那小破睡舱真不够咱俩挤的。”

“挤挤更健康。”

“知道为什么找你吗？”

“你又有什么馊主意？”

“你都治好了，变成我的非潜在客户了，我才不为你费脑子呢，我来是有好事！”

“还是大促呗？”

辛西娅拼命晃食指：“还记得你写的那篇网文吗？”

“记得呀，对我来说就是几个月前的事，却毁了我老婆孩子一辈子……”

“现在可以补偿了！那个土豪当时把尾款存在了我们公司的账户上，前两年他醒了，看了你的书，很满意，还想看续集，就是再过十年他醒来的时候，想接着看，所以又付了一大笔钱，现在连本带息，这钱已经是几千万了！”

柳天语手里的咖啡杯没拿稳，洒了一桌子，

两个人忙乱地擦拭，还有一些洒在辛西娅身上，柳天语也帮她擦。

“别擦了！你都成富翁了！赔我件新的！”

柳天语没回过神来继续擦着：“你没逗我？这是真的吗？”

辛西娅点点头，拉起柳天语就走。

在银行办完过户手续，柳天语看着自己虚拟保险箱上的数字，变成了长长的一串。辛西娅欢呼着抱住柳天语，柳天语也激动得无法拒绝这个拥抱，但在他脑海里，自己抱着的是年轻时的沈莹雪，沈莹雪在自己怀里开怀大笑。

“天语！你终于有钱了！”

柳天语泣不成声：“我们有钱了……阿雪，你快回来吧！”

周末，一家四口去购物中心，柳琪推着沈莹

雪逛商场,柳天语和柳迪坐在酒吧里喝啤酒。

“柳迪，你说咱家要是有一千万，应该怎么花？”

“一千万？做梦呢？”

“做做呗,意淫强身的。”

“幼稚,我这岁数早就不做白日梦了。”

“买辆好车？买栋别墅？还是找个好女人？”

“……有什么意义？三十年前有这笔钱的话倒是能改变咱们几口的生活,可惜呀,时间不能倒流。”

“你随便说一个,爸爸满足你的愿望！”

“你有劲吗？小屁孩老想当爸爸？”

“我满足你愿望的话,能不能当爸爸？”

“……不满足愿望,你也是爸爸！……要是真有这些钱,咱们就正正经经做那个 VR 剧,也许真能有市场,我还是很有这方面天赋的……”

“那么自信？也不想想哪来的这种天赋！”

“从你那继承来的！行了吧,小爸爸！”

“大小没关系,是爸爸就行！”

柳迪无奈地摇头笑笑,两人碰了碰杯。

柳迪拿出一支虚拟香烟，煞有介事地点上。“也就做做梦吧,我二十岁出头就不做这种梦了……”

柳天语拿出一张虚拟银行卡扔给柳迪。柳迪看了一眼，上边的数字不断变换，最后变成了10000000。

柳迪的眼珠子从眼眶里掉了出来,还碰掉了嘴里的电子烟,当然,这不过是个搞笑的虚拟表情。“这什么呀？银行卡？一千万?！”

柳天语自负地点了点头:“这还不是全部哟！”

柳迪举着银行卡不断亲吻:“爹！你是我

亲爹！”

柳迪手舞足蹈地拿着卡去给沈莹雪和柳琪看，柳天语气得笑了起来。

但是对于未来以及这笔钱该怎么花，柳天语却有自己的想法。

几天后，柳天语独自推着沈莹雪走进一间十分豪华的眠时舱，舱里有卫生间，还有机器人护士。

“阿雪，这个房间有点小，你先忍几天……你一个人在外边等了我三十年，太辛苦了，在里面休息休息……我会照顾好家里的，再过三十年，等我也老了的时候，你一定就能认出我了，咱们少年夫妻只做了几年，老伴要做到永远……”

沈莹雪甜甜地傻笑，柳天语把护士机器人的虚拟外表变成了柳琪的样子，给轮椅上的沈莹雪一个长长的熊抱，才依依不舍地离开了眠时舱。

沈莹雪回过头来，似乎看见柳天语还站在舱外一个立体显示器里面，默默地看着她，一秒钟就换一身衣服，换一个表情。

沈莹雪伏在床边喃喃低语："天语……"

沈莹雪在清晨和煦的阳光中慢慢醒来，发现自己躺在一个豪华的房间里。她缓缓站起身，抚摸窗边的家具，敲了敲桌子，发出清脆的响声。

门开了，一个四十来岁的女人走进来，看见沈莹雪醒了，满脸泪水，一时说不出话来。

沈莹雪仔细分辨。

"小琪？小琪！乖女儿？……你怎么变老了？"

柳琪哭出了声："妈妈！你醒了！你睡了十年！我就变老了！……爸爸！柳迪！妈妈醒了！妈妈醒了！"

门外传来脚步声，柳天语和柳迪两个油腻中年男人扑过来抱住沈莹雪。

"小迪！你也老了……"

沈莹雪注视着柳天语。

"阿雪，是我……你还认识我吗？"

"老公……天语……"

柳天语把沈莹雪抱在怀里。

沈莹雪像个小女孩般轻轻地说："你睡了那么多年……还是三十年前的样子！我已经老了……你以后会嫌弃我吗？"

柳天语吻了一下沈莹雪，然后让她看梳妆台旁的落地镜。

"我是不喜欢老婆子，可是你看看，你这样的老婆子我能不喜欢吗？"

沈莹雪看清了镜子里的自己，那是一个二十多岁的少女，是刚刚和柳天语结婚时的自己。

“我……在梦里？”

柳琪也过来亲了妈妈。“不是梦，妈妈你也睡了十年，现在阿尔茨海默症已经能治好了，而且容颜细胞修复也很安全了，我们让你一次性回到二十多岁！”

“老婆，你照顾他们三十年，为我操心了三十年……我们要还你这三十年的债，以后你是家里最小的，我们会像你当初呵护他们一样爱护你……”

沈莹雪还有些没反应过来，只是恬静地看着每一个家人。

柳迪在旁边否定柳天语道：“我爸胡说八道，妈妈怎么会是家里最小的？她这不还有好几个弟弟妹妹吗?！”

说着他打开门，四个小孩子从门外挤进来，怯生生地来到床边。

孩子们七嘴八舌地喊着:“奶奶！姥姥！”

沈莹雪开心起来,捧着他们的小脸亲了又亲。

“长得和小迪小时候一样！一看就是我的大孙子！”

孩子却有点失望:“姥姥,我是你外孙！”

一家人笑了起来,孩子们叽叽喳喳地抢着介绍自己。

沈莹雪依偎在柳天语怀里。

“天语,我们是在做梦,还是刚刚做了一个长长的梦？”

“阿雪，这不是梦啊……生活本来变成了一个噩梦,还好你没有放弃……”

“嗯，那这就还是在梦里，一个我做过很多次,终于成真的好梦……”

创作谈

科幻应该写给谁看

/ 冯志刚

与科幻小说的井喷式增长相伴随，关于科幻小说的理论亦层出不穷，作家、读者蜂拥而至，诸如软科幻与硬科幻、科幻姓科姓幻还是姓文等论战此起彼伏，硝烟也从报缝、网络聊天室、论坛一路烧到了微博、微信、今日头条……纷纷扰扰中，却鲜有人提及科幻小说到底写给谁看这一议题。

对此，大多数人的第一反应一定是"写给读者"。但若作者们扪心自问，或许会得出凸显自我意识的答案——写给自己，写给同行，写给编辑，写给暗恋目标,写给轻视自己的人,甚至写给外星人……

可能有人会质疑，究竟为谁而创作重要吗?文无第一,存在即合理。

我们不妨重温一下《在延安文艺座谈会上的讲话》——这篇问世近八十载的文章，深刻地揭示了包括科幻文学在内的一切文艺创作都要“为人民服务”,而非为自己服务、为财富服务。放眼全球,在欧美国家及日本,文学作为文化产业的一部分,势必会遵循商业规律运行,一本书从策划阶段即要进行市场调查,了解读者的需求。可以说,全心全意为读者写作,既创造过红色文艺的辉煌,也成就了西方文化产业的繁荣。

有别于其他文学类型,科幻创作容易给人以掉书袋抑或不食人间烟火的感觉,从而显得缺乏服务读者的精神。此类作品一旦借由圈子文化充斥本就数量稀少的传统科幻媒体，中国科幻文学被认为乏善可陈，继而受到影视、游戏、动漫等下游产业的轻视和反感，也就不足为奇。

令人欣慰的是，《科幻立方》的创刊为中国科幻文学注入一股清流，其科幻现实主义的倡议，再次将科幻创作拉回为读者服务的轨道——刊物从装帧设计到作品选取都更贴近时代，贴近读者。

我对科幻现实主义的深刻理解，源于2019年第一届百花文学奖·科幻文学奖评选。作为《科幻立方》的“老”作者，我有三篇作品入围——《臀式思维》《静星简史》和《灵魂哲学研究》。其中，《臀式思维》篇幅较短，并不具备获奖潜质；《静星简史》属外星探险题材，是近年来盛行的硬派科幻；而《灵魂哲学研究》的科幻元素并不突出，只是脑机接口这个几乎快被马斯克变为现实的“古老”科技，我将其融入一段贴近校园生活的青涩爱情中，讲述一对象牙塔里的年轻人战胜自我设限的心理屏障终于走到一起的故事。

在大众票选阶段，我对《静星简史》抱有很大期待——这篇文章 2016 年在《科幻立方》发表之后，受到不少科幻圈老友的支持与鼓励，故我也“孤注一掷”，卖力宣传。

出乎意料的是，最终脱颖而出入围票选前十名的作品是《灵魂哲学研究》，这篇小说有幸被收入《第十八届百花文学奖·科幻文学奖获奖作品集》，和莫言等大师的作品同“盒”出版。

这一结果也促使我静下心来，重新思考科幻小说应该写给谁看。创作《静星简史》时，我潜意识里的读者是科幻圈的老友们，我企图利用每一个构思、每一个情节设计与他们进行交流，渴望获得他们的认可。此外，影视圈的朋友也是我的目标读者,我希望这部小说能够提供影视大片级别的视觉想象空间。我偏偏忽略了读者,没有顾及科学技术对他们来说是否难以理解,情节是不是过于单薄……

反观《灵魂哲学研究》,则完全是针对读者而创作,抛下患得患失、瞻前顾后的"枷锁",用笔更着力于情节的曲折和文风的幽默,是一篇大多数读者都能够轻松读下去的作品,这不仅是科幻现实主义的根基,理应也是所有文学创作的根基。

最初创作科幻小说时,我的内心还是极为真诚的,就像刘慈欣说的那样,作为一个科幻迷,想把自己想象的世界与读者分享。

1997年,我的科幻处女作《埙和萨克斯的慢板》在《科幻世界》杂志发表。其实,我当时投寄了三部作品,另外两部都是"技术派",反而《埙和萨克斯的慢板》没有什么"技术含量",但是情节更为跌宕起伏，有些好莱坞动作片的味道，获得编辑的青睐。

我个人其实是偏爱技术派科幻的，2000年曾创作过一篇名为《种植文明》的作品，没有人物和情节，算是中国首个纯科幻的“世界观”构架。这篇文章在《大众软件》随刊光盘上发表后，并未获得过多关注。直到十几年后我逐渐回归科幻圈，才发现《种植文明》受到众多硬核科幻迷的推崇，刘慈欣还在他的杂文集《最糟的宇宙，最好的地球》中多次提到这篇文章……忆当年，《种植文明》曾屡屡因为“没有人物”而遭到退稿。

这两件事说明，编辑和读者曾一度对科幻现实主义作品青眼有加。然而在发展过程中，中国科幻却渐渐走向小众化。

数年前，当我重新拿起纸笔，不，应该是敲起键盘回归科幻创作的时候，恰逢天津百花文艺出版社的《科幻立方》杂志创刊。他们提出了差异化选题的策略,立足现实,坚守人文情怀,面向更广泛的读者。这也开拓了我的思路,为我提供了全新的创作视角——把目光从亿万年后的星辰大海,拉回未来已来的现实世界——科幻文学是时候回归百花齐放的状态了。

《冰箱里的爱人》即是这样一篇作品,创作初衷说来有些伤感:近年来,我和家人多次被迫直面疾病,亲历了普通人面对疾病时的困惑、无助和坚持,使我对生命有了新的认识。而我既不懂医术更不擅魔法,只有通过还算在行的科幻写作,来表达我的祝愿,祈望没有病痛的时代早日到来。

《冰箱里的爱人》并不具备高深的科技内核,只是把科幻小说中常用于宇宙航行的人体冷冻技术用在了延长病患寿命上,并且患者在冷冻期间可以与家人进行交流，而非一觉睡上几百年。小说的主人公是一对都市底层的年轻人，面对突如其来的疾病，他们从无奈懵懂到坚强抗争。人体冷冻技术这一科幻设定给了他们生的希望，同时也要付出无法像正常家庭一样生活以及背负巨额债务的代价……这些根植于平凡人的日常所展开的丰富情节，相信总会有那么一瞬间能带给读者共鸣——这正是我创作《冰箱里的爱人》的初衷，希望借此激励我和我的家人增加面对困难的勇气。

期待这套“文库本”的读者，能通过阅读编辑老师们精选的科幻中篇，获得与《科幻立方》杂志同样的阅读乐趣和触及灵魂的感动。中国科幻走出独孤求败式的单薄，恢复百花齐放的多元与繁盛任重而道远。